DER GROSSE BÖSE BOSS

MITEINANDER

RENEE ROSE

LEE SAVINO

Übersetzt von
STEPHANIE KOTZ

Veröffentlicht in den Vereinigten Staaten von Amerika

Renee Rose Romance, Silverwood Press und Midnight Romance

Dieses E-Book ist ein Werk der Fiktion. Auch wenn vielleicht auf tatsächliche historische Ereignisse oder bestehende Orte Bezug genommen wird, so entspringen die Namen, Charaktere, Orte und Ereignisse entweder der Fantasie der Autorin oder werden fiktiv verwendet, und jegliche Ähnlichkeit mit tatsächlichen Personen, lebenden oder toten, Geschäftsbetrieben, Ereignissen oder Orten ist rein zufällig.

Dieses Buch enthält Beschreibungen von BDSM und vieler sexueller Praktiken. Da es sich jedoch um ein Werk der Fiktion handelt, sollte es in keiner Weise als Leitfaden verwendet werden. Die Autorin und der Verleger haften nicht für Verluste, Schäden, Verletzungen oder Todesfälle, die aus der Nutzung der im Buch enthaltenen Informationen resultieren. Mit anderen Worten probiert das nicht zu Hause, Leute!

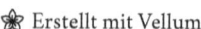 Erstellt mit Vellum

HOLEN SIE SICH IHR KOSTENLOSES BUCH!

Tragen Sie sich in meine E-Mail Liste ein, um als erstes von Neuerscheinungen, kostenlosen Büchern, Sonderpreisen und anderen Zugaben zu erfahren.

https://geni.us/jungfrauunddervampir

RENEE ROSE: HOLEN SIE SICH IHR KOSTENLOSES BUCH!

Tragen Sie sich in meine E-Mail Liste ein, um als erstes von Neuerscheinungen, kostenlosen Büchern, Sonderpreisen und anderen Zugaben zu erfahren.

https://www.subscribepage.com/mafiadaddy_de

LEE SAVINO: KOSTENLOSE NOVELLE

Hol dir ein kostenloses Exemplar von Gezeugt von den Berserkern und Eine Berserker-Geburt, indem du dich für meinen Newsletter anmeldest.

Der dritte Teil von Daegans, Brennas und Samuels Geschichte. Lies den ersten Teil in **Verkauft an die Berserker** *und den zweiten in* **Gepaart mit den Berserkern**. *Diese Novelle ist kostenlos, ein Geschenk.*

https://BookHip.com/PKRMGC

KAPITEL EINS

adi
Meine Brüste werden von über hundertzehn Kilo harter Muskelmasse flach an die Fensterwand meines Büros gepresst. Bricks Hand befindet sich zwischen meinen Beinen, mein Rock ist bis zu meiner Taille hochgerutscht. Ich trage halterlose Strümpfe, seine Finger sind unter dem Zwickel meines Höschens und dringen in mich.

„Brick!", keuche ich.

„Noch nicht", knurrt mir mein ehemaliger großer böser Boss ins Ohr. „Sie dürfen erst kommen, wenn ich komme, Ms. Evans." Mit seiner freien Hand schlägt er mir auf den Po. „Ich hatte den *ganzen*", er verpasst mir noch einen Hieb, *„Tag"*, seine Finger krümmen sich in mir, *„lang"*, er beißt mir in den Hals, „blaue Eier, weil ich an Sie denken musste."

Wenn er so weitermacht, werde ich beim nächsten Stoß kommen. „Ich verstehe nicht ... warum das meine Schuld ist." Mein Ton passt nicht zu meinen Worten. Er klingt heißer und atemlos.

„Frech wie eh und je." Bricks Lippen sind direkt hinter meinem Ohr. Sein warmer Atem weht über meine Haut. Er reißt mein Höschen nach unten. „Ich werde mein recht *dringendes* Bedürfnis befriedigen", er erlaubt mir, den Teil seiner Anatomie zu spüren, mit dem er in mich dringen will, „und dann werde ich mir überlegen, wie Ihr täglicher Tadel ausfallen wird." Ich höre das Rascheln seiner Hose und das Geräusch seines Reißverschlusses. „Jetzt spreizen Sie Ihre Beine, Ms. Evans."

Das ist schwierig, solange mein Höschen um meine Schenkel hängt, weshalb ich mit den Hüften wackle, um es zu meinen Stilettos fallen zu lassen.

Es spielt keine Rolle. Brick verliert bereits die Kontrolle. Er bemerkt gar nicht mehr, ob ich seinen Befehl befolgt habe. Er zieht meine Hüften nach hinten, damit ich seinem Stoß entgegenkomme, und spießt mich mit einer geschickten Bewegung auf.

Ich keuche. Wie immer ist es zu grob, jedoch absolut perfekt. Ich liebe, wie wild Brick wird, wie verzweifelt und herrisch er am Ende jedes Tages ist. Ich liebe es, dass er so dringend in mir sein muss, dass er nicht warten kann, bis wir nach Hause kommen. Dass er meine Bürotür abschließen, alles von meinem Schreibtisch fegen und seinen Mund zwischen meine Beine drücken muss, bevor er auch nur daran denken kann, mich zu unserem Penthouse zurückzufahren.

Der heutige Abend bildet keine Ausnahme. Ich musste länger bleiben und das morgige Meeting mit unserer französischen Niederlassung vorbereiten, weshalb jetzt 19:30 Uhr ist. Niemand ist mehr in der obersten Etage, von wo Eleanor und ich das Unternehmen leiten.

Das ist gut so, denn wenn jemand in der Nähe wäre, würde derjenige hören, wie laut ich schreie, wenn Brick derart erregt ist.

Er platziert eine Hand neben meinem Gesicht an der Scheibe und hält meine Hüften mit der anderen fest, während er sich in mich rammt. „Ich sagte, *spreizen Sie Ihre Beine, Ms. Evans*."

Ich schätze, er hat es doch bemerkt.

Ich stelle meine Beine weiter auseinander, wodurch mein Becken stärker nach hinten geneigt wird. Bricks Schwanz taucht tiefer in mich und trifft meinen G-Punkt.

„Brick!", keuche ich.

„Kommen Sie mir nicht mit *Brick*, Ms. Evans. Ich weiß, dass Sie kommen wollen. Aber was habe ich Ihnen gesagt?"

„Ich muss … warten", keuche ich. Ich verliere bereits die Fähigkeit, Sätze zu bilden.

„Das stimmt." Er rammt sich härter in mich.

„Oh Gott", stöhne ich.

„Nimm ihn auf, kleiner Mensch."

„Ich … ich kann nicht", schluchze ich. Natürlich *kann* ich. Ich *tue* es. Und es ist so gut. Allerdings will ich unbedingt kommen.

„Wenn ich zu grob bin, liegt das daran, dass mein Wolf etwas von dir will."

Mein Gehirn arbeitet nicht mehr richtig. Ich habe keine Ahnung, was Brick meint.

Doch vielleicht ist es Brick, der keinen Sinn ergibt, denn seine Stöße werden wilder. Er verliert seinen Rhythmus und seinen Atem.

Die Hand, die meine Hüften festhält, wandert nach vorne.

Da ich weiß, was gleich kommt, beginnen meine Beine, zu zittern. Lust erblüht in meiner Mitte.

„Weißt du, was er will, Madison?" Bricks Finger schweben über meinem Kitzler. Er tippt ihn einmal an. „Er will …"

Brick verliert die Konzentration. Er atmet harsch ein und hält die Luft an. „Jetzt", befiehlt er und dringt tief in mich, als er kommt. Endlich berührt er meinen Kitzler und ich schreie, als ein mächtiger Orgasmus durch mich fegt. Meine inneren Muskeln ziehen Bricks Schwanz tiefer.

Brick massiert ununterbrochen meinen Kitzler, entringt mir einen Schauder nach dem anderen und sorgt dafür, dass mein Orgasmus länger dauert, als ich es für möglich gehalten hätte.

Als es vorbei ist, kann ich nicht einmal mehr stehen. Ich sacke in Bricks Arme, woraufhin er mich hochhebt und zu meinem Schreibtisch trägt. Dort setzt er sich auf meinen Bürostuhl und umarmt mich auf seinem Schoß.

„Er will Welpen, Madi. Mein Wolf will Welpen."

* * *

BRICK

Madis benommener Blick wird schärfer und heftet sich auf mein Gesicht. „*Was?*"

Fuck. Ich wollte die Welpen-Sache eigentlich nicht ansprechen. Wir haben bereits darüber gesprochen. Sie hat gerade erst einen neuen Job angefangen und leitet die größte Kosmetikfirma der Welt. Die Firma, die sie höchstwahrscheinlich erben wird. Sie ist nicht bereit, eine Familie zu gründen.

Ich schüttle den Kopf. „Nur Sex-Gerede, Fensterlein. Ich habe es nicht ernst gemeint."

Sie blinzelt. „Aber stimmt es? Dein Wolf will Welpen mit mir machen?"

Ich reibe mit einer Hand über mein Gesicht. „Ich weiß nicht, ob ich es *so* ausdrücken würde."

„Dein Wolf scheint immer neue Forderungen an mich zu stellen, oder? Bitte sag mir, dass du nicht mondverrückt wirst, wenn ich in den nächsten sechs Monaten nicht schwanger werde."

Ich lächle. „Ich werde nicht mondverrückt werden. Allerdings ist ein regelmäßiger Koitus eine Notwendigkeit. Du wurdest gewarnt."

Ihre Lider senken sich und sie reibt ihre Nase an meinem Hals. „In dieser Hinsicht wirst du keine Beschwerden von mir hören, großer Böser."

Ich packe ihr Kinn, erobere ihren Mund und küsse sie gründlich, bevor ich mit ihr in den Armen aufstehe. „Gehen wir. Ich durfte dir heute Abend kein Essen besorgen und das macht meinen Wolf mürrisch. Ich brauche dich nackt in meinem Bett."

„*Unserem* Bett."

Ich bleibe stehen und blicke ihr in die Augen. „*Unser* Bett. Du weißt, dass alles, was mein ist, auch dein ist, oder?" Entgegen Eagels anwaltlichem Rat habe ich Madi bei jedem Bankkonto hinzugefügt und ein neues Testament erstellt, um sie zusammen mit meiner Nichte und meinem Neffen zu meiner Begünstigten zu machen. Ich muss wissen, dass Auggie im Falle meines Ablebens die Firma und das Rudel übernehmen kann, wenn er erwachsen ist.

Madisons Blick wird weich. „Ich weiß."

Ich beginne, sie zur Tür zu tragen, doch sie deutet auf ihr Höschen auf dem Boden. Ich bücke mich, um es aufzuheben, ohne meinen Preis loszulassen. „Du kannst jedes Möbelstück, Kunstwerk und alle Habseligkeiten, die ich im Penthouse habe, entsorgen und es mit neuen Dingen deiner Wahl füllen, wenn du möchtest. Oder wir füllen es mit Dingen, die wir gemeinsam aussuchen. Ja, lass uns das tun. Ich will, dass es sich wie dein Zuhause anfühlt. Ich weiß, dass du Brooklyn für mich verlassen hast."

„Ich habe nur einen Witz gemacht, Brick. Ich weiß, dass du möchtest, dass ich mich dort wie Zuhause fühle. Es ist eine große Änderung, aber ich gewöhne mich allmählich daran."

„Nun, lass uns meine Sachen aus dem Apartment schaffen. Dann gewöhnst du dich schneller ein."

„Es gibt keinen Grund, all deine teuren Möbelstücke aus dem Penthouse zu entfernen." Madi strampelt mit ihren sexy High Heels, um ihre Worte zu untermalen.

Ich trage sie zum Aufzug.

„Mir ist wichtiger, die Annäherung mit meiner Familie voranzutreiben", erklärt Madi.

Erneut bleibe ich stehen. Mein Wolf muss jedes Problem lösen, das sie benennt. Jedes Hindernis, das unserem Zusammensein im Weg steht. Alles, was meine Gefährtin belastet, muss in Ordnung gebracht werden.

„Deine Mom vertraut mir nicht", mutmaße ich.

Madison zuckt mit den Achseln. „Ich versuche, ihr zu zeigen, wie sehr du dich von meinem Samenspender unterscheidest. Allerdings glaube ich, dass sie mein neues Leben mit den Harringtons in einen Topf geworfen hat, weil ich diesen Job zur gleichen Zeit angenommen habe, in der ich bei dir eingezogen bin."

„Was ist mit Brayden?"

Sie lehnt sich aus meinen Armen, um auf den Aufzugknopf zu drücken. „Er ist ein achtzehnjähriger Kerl. Er hat keine Meinung zu meinem Liebesleben."

„Würde ihm ein Auto gefallen?" Ich betrete den Aufzug und drücke auf den Garagenknopf. Madi hat in der Tiefgarage einen Parkplatz für mich reserviert.

„Nein, Brick." Madi klingt entnervt. Ich habe noch immer nicht gelernt, dass Geld nicht alles in Ordnung bringen kann, wenn es um ihre Familie geht. Tatsächlich neigt es dazu, die Probleme zu verschlimmern. „Er kann nicht einmal Auto fahren. Du hast bereits einen ganzen Gebäudekomplex in der Nähe der NYU gekauft, damit er von seinem Zuhause zur Uni laufen kann."

„Er kann nicht Auto fahren?", fasse ich ihre Bemerkung auf. „Ich werde es ihm beibringen."

Madi entspannt sich in meinen Armen. „Das wäre … wirklich toll. Er hatte nie eine Vaterfigur. Damit will ich nicht sagen, dass du alt genug bist, um sein Vater zu sein."

„Allerdings bin ich das." Ich verlagere sie in meinen Armen, sodass sie rittlings auf meiner Taille sitzt, und drücke sie an die Aufzugwand. Ich muss in ihr sein. *Erneut.*

Es ist lächerlich, wie sehr ich meine Gefährtin brauche.

„Ich werde mit ihm zu den Berkshires fliegen, wo er auf den abgeschiedenen Straßen üben kann."

„Das würde ihm Spaß machen."

„Warte." Ich presse meine Hüften an ihre. „Kannst *du* Auto fahren?"

„Nein."

„Ich werde es euch beiden beibringen. Aubrey auch, wenn sie möchte."

Ein Teil des Leuchtens in Madis Gesicht erlischt. „Ich weiß nicht, ob sie das wollen würde." In Madis Stimme schwingt eine leichte Niedergeschlagenheit mit, die mir nicht gefällt.

Die Aufzugtüren öffnen sich zur Tiefgarage und ich trage sie zum Jaguar. „Hasst sie mich?"

„Nein." Madi klingt nicht besonders überzeugend. „Ich meine, sie mag dich nicht. Aber ich glaube nicht, dass das der Grund ist. Ich glaube … wir vermissen einander."

Meine Stirn legt sich in Falten. Ich bin mit dieser Sache vollkommen überfordert. Weibliche Beziehungen übersteigen meinen Horizont. *Menschliche*, weibliche Beziehungen sind noch rätselhafter für mich. Dann dämmert es mir. „Ich nehme all deine freie Zeit in Anspruch."

„Es ist nicht nur das." Die Niedergeschlagenheit schwingt erneut in ihrer Stimme mit.

„Was ist es dann?" Ich senke meine Gefährtin widerwillig auf ihre Füße und öffne ihr die Beifahrertür.

Sie seufzt, während sie in den Wagen rutscht. Als ich auf den Fahrersitz steige, sagt sie: „Wir leben uns auseinander. Sie denkt, dass ich mich verändert habe. Was ich wegen der Luna-Sache und allem vermutlich getan habe. Allerdings darf ich ihr davon nicht erzählen. Ich darf ihr nichts erzählen und das bedeutet, dass wir kaum noch Gesprächsthemen haben. Ich bin jetzt diese reiche COO von Torrent Cosmetics und lebe mit meinem Milliardär-Freund zusammen. Ich bin die Sorte Person, gegen die sie Proteste organisiert. Ich bin mir sicher, sie denkt, dass sie mich nicht einmal mehr kennt. Ich hasse das."

Ich hasse es, dass sie es hasst.

Der Wolf in mir will jemandem die Kehle aufreißen. Der CEO will jemanden feuern. Der Milliardär will das Problem mit Geld aus der Welt schaffen. Natürlich würde keine dieser Taten helfen.

Mein Handy klingelt, was ich jedoch ignoriere, da ich auf die Straße biege. „Also würde es wahrscheinlich nicht helfen, sie in die Berkshires einzuladen."

„Nicht wirklich. Sie ist wie meine Mom. Zutiefst misstrauisch, wenn es um Reichtum geht."

„Schick ihr eine Nachricht und frag sie, ob sie morgen Abend mit dir Zeit verbringen will."

Madi wirft mir einen Blick zu. „Meinst du in unserem Apartment?"

Mein Handy klingelt erneut. Ich ignoriere es. „In ihrem. Ihr könnt euch einen 80er-Jahre-Film anschauen oder tun, was immer ihr gerne zusammen tut."

Sie zieht ihr Handy heraus, doch bevor sie eine Nachricht schreiben kann, leuchtet es wegen eines Anrufs auf. Ihre Augenbrauen heben sich vor Überraschung. „Es ist Billy. Bestimmt hat er vorhin versucht, dich anzurufen."

Sie drückt auf den Lautsprecherknopf und nimmt das Gespräch an. „Billy? Was ist los?"

„Ist Brick da?" Mir gefällt die Anspannung in seiner Stimme nicht.

„Was gibt's?", knurre ich.

„Wir haben ein Problem."

KAPITEL ZWEI

Madi

„Das Problem ist Folgendes." Billy tigert vor uns auf und ab. Wir sind alle in einem privaten Konferenzzimmer in dem Gebäude in der Billionaires' Row versammelt, in dem sich unsere Stadtwohnung befindet. Die Stimmung ist angespannt, was sich auf den Gesichtern der Männer widerspiegelt. „Der König von Manhattan hat uns kontaktiert. Er will euch sehen."

„Weshalb?", knurrt Brick. Er steht stocksteif an meiner Seite.

„Als du dich all den Herausforderern im Blue Moon gestellt hast, wolltest du, dass ich auf deine Gefährtin aufpasse", erklärt Billy. „Ich wusste, dass wir möglicherweise fliehen müssen und einflussreiche Freunde brauchen würden. Also bat ich ihn um einen Gefallen."

Alle im Raum stöhnen auf.

„Ich habe am Ende nicht einmal seine Hilfe gebraucht", protestiert Billy.

„Das spielt keine Rolle. Er wird dich dafür bezahlen lassen, dass du ihn angerufen hast", entgegnet Nickel.

„Wartet Mal, Leute", sage ich. Das Treffen erinnert mich an meine Tage als Assistentin, als sie einander am Konferenztisch in Lichtgeschwindigkeit Fragen und Antworten gaben. Damals verfolgte ich ihre Gespräche schweigend, doch jetzt habe ich ein Mitspracherecht und ich werde es nutzen. „Macht mal langsam. Ihr müsst mir erklären, was los ist. Angefangen mit … es gibt einen König von Manhattan?"

„Ja. Thaddeus der Vampirkönig."

„Vampire sind echt?", frage ich. Brick versteift sich neben mir und knurrt leise in seiner Brust. Sein Wolf ist aufgebracht. „Egal. Natürlich sind sie echt."

„Vampire sind territorial. Sie töten sich meistens gegenseitig. Die Mächtigen beanspruchen unterschiedliche Gebiete, über die sie herrschen, und töten jeden anderen Vampir, der diese betritt", erklärt Nickel.

„Verdammte Blutsauger und ihre Politik", schimpft Brick.

Blutsauger. Ha, das kapiere ich.

„Thaddeus beanspruchte Manhattan vor einigen Jahrhunderten", erzählt Eagle. „Ungefähr zur gleichen Zeit kamen unsere Vorfahren in Booten hierher. Er hat sein Territorium all die Zeit gegen seine Rivalen verteidigt. Er ist einer der mächtigeren Blutsauger. Mir fallen nur wenige ein, die älter und stärker sind als er."

„Es gibt Lucius im Westen", murmelt Nickel. „Er hat ein größeres Revier. Vegas und der Großteil von Kalifornien."

„Er hat sich mittlerweile in Arizona niedergelassen, hat allerdings noch immer Kalifornien im Griff" berichtet Eagle.

„Vielleicht können wir ihn anrufen und fragen, ob er auch über New York herrschen will", schlägt Jake vor. „Wir können sie gegeneinander kämpfen lassen."

„Und dann schulden wir noch einem Blutsauger einen Gefallen? Nein. Als Thaddeus sich gemeldet hat, was hat er da gesagt?", fragt Brick. Er streichelt beruhigend über meinen Rücken. Ich bin nicht diejenige, die beruhigt werden muss – sondern er. Und ich bin mir nicht sicher warum. Warum regen Vampire ihn so sehr auf?

„Er hat euch zu einer offiziellen Audienz eingeladen", antwortet Billy.

„Ich bringe meine Gefährtin auf keinen Fall zu diesem Club", knurrt Brick.

„Warte, warum? Er will nur, dass wir ihn besuchen?", frage ich. „Das klingt nicht so, als wäre es eine große Sache." Ich meine, es klingt formell, spießig und wie etwas aus einem englischen Historienroman, allerdings nennt sich dieser Kerl auch König.

„Nein", stößt Brick zwischen zusammengepressten Zähnen hervor. „Auf keinen Fall." Seine Augen leuchten hell, genauso wie die aller anderen. Ihre Wölfe sind nah an der Oberfläche. Mein Herzschlag beschleunigt sich, da mein Körper darauf reagiert, in einem Raum voller Raubtiere zu sein. Ich zwinge mich, tief Luft zu holen. Ich will ruhig bleiben.

„Vielleicht können wir ihn töten", brummt Vance.

„Nein, wir brauchen ihn", widerspricht Eagle und eine hitzige Diskussion entbrennt.

„Warum?", frage ich.

„Das Übel, das man kennt ..."

„Sie sind alle verrückt. Thaddeus ist wenigstens auf eine Art verrückt, die wir verstehen."

„Wir müssen eine gute Beziehung mit ihm pflegen."

Brick schweigt und schaut finster ins Leere. Er ist weit weg an einem Ort, den ich nicht verstehe.

Das gefällt mir nicht. Wir sollten ein Team sein.

Mir reicht es.

„Oi!", brülle ich über die Kakophonie aus Stimmen. „Pfeife." Ich muss meine Waffe nicht einmal aus meiner Tasche holen. Sie zucken alle zusammen und halten den Mund.

„Erklärt mir, warum das so eine große Sache ist. Warum

können wir uns nicht einfach mit ihm treffen und es hinter uns bringen?"

„Wir katzbuckeln vor keinem Blutsauger. Nicht einmal vor einem König", sagt Billy.

„Wir können es so darstellen, als wäre es ein Freundschaftsbesuch. Wir müssen nur aufpassen, dass wir ihn nicht zu einem Abendessen und Drinks einladen", witzle ich, doch keiner lacht.

„So einfach ist es nicht", erklärt Nickel. „Thaddeus ist exzentrisch ..."

„Alle Vampire sind exzentrisch", wirft Vance ein.

„Er ist sogar für einen Vampir exzentrisch", korrigiert Nickel sich. „Die Mächtigeren sind ... je verrückter sie werden ..."

Es gibt etwas, was er mir nicht verrät. Wenn ich jemals ein Gespräch zwischen diesen Männern aus der Bahn werfen will, werde ich in Zukunft Vampire ansprechen. Dieses Gespräch ist, als würde man versuchen, einen Sack voll Flöhe zu hüten.

Ich wirbel zu Brick herum. „Rede mit mir."

„Ihm gehört ein Club", antwortet Brick.

„So was wie ein Nachtclub?"

„Nicht die Art von Club", erwidert Billy. „Er heißt Twilight."

„Im Ernst? Du machst Witze." Ihre ernsten Gesichter verraten mir, dass sie nicht scherzen. „Wie die Bücher?"

„Welche Bücher?" Sie sehen mich ausdruckslos an.

„Ihr müsst wirklich mehr über die Popkultur lernen." Ich seufze. „Okay, weiter im Text. Also gehen wir hin, treffen uns mit diesem König und bringen es hinter uns. Was ist so schlimm daran?"

„Er will nicht nur ein Treffen", erklärt Nickel. „Das meint er nicht mit einer ‚Audienz'. Er will, dass ihr ...", Nickel räuspert sich, „den ganzen Club *unterhaltet*."

„Meinst du, wir sollen Karaoke singen?", scherze ich, ohne eine Miene zu verziehen.

Vance und Jake lachen darüber, doch Brick sieht ernster denn je aus. „Nein. Es ist nicht nur ein Nachtclub. Es ist ein BDSM-Club. Der König will, dass wir in der Öffentlichkeit eine Session abhalten."

* * *

BRICK

„Ich verstehe es noch immer nicht", sagt Madi. Wir sind allein in unserem Penthouse und sie lümmelt auf dem Sofa. „Dieser Vampir behauptet, dass du ihm einen Gefallen schuldest, obwohl du das eigentlich nicht tust, und deswegen müssen wir einen Sexclub besuchen und … eine Art BDSM-Farce vorspielen?"

„Es ist ein Machtspiel. Er lässt uns für sich tanzen." Ich tigere vor den Fenstern auf und ab. Mein Wolf ist zu angespannt, um sich hinzusetzen und zu entspannen. „Mir gefällt das nicht."

Sie nimmt ihren Stylus und drückt ihn auf ihr Tablet, als würde sie Notizen machen. „Nun, was braucht es, um einen Vampir zu töten?"

„Führe mich nicht in Versuchung", erwidere ich, obwohl mein Wolf vor Aufregung an die Oberfläche springt. Er würde Thaddeus gerne jagen und ihn dafür bezahlen lassen, dass er versucht hat, mit uns und meiner Gefährtin zu spielen. „Nickel und Eagle haben recht. So nervig das hier ist, es wäre genauso schlimm, sich mit Thaddeus' Ersatz rumzuschlagen. Ein anderer mächtiger Vampir ist Wölfen gegenüber möglicherweise feindseliger gestimmt. Noch schlimmer wäre es, wenn viele Vampir in die Gegend kommen und Revierkämpfe austragen würden. Thaddeus ist ziemlich stark. Ich bezweifle, dass ein anderer einzelner Vampir ganz

Manhattan halten könnte. Sie würden die Stadt in kleinere Gebiete und Futterstellen aufteilen."

„Würden sie ... Menschen futtern?"

„Ja. Und eine große Gruppe Vampire, die Menschen jagt, ohne dass ein König strenge Regeln durchsetzt ... es gäbe einen echten Fressrausch.

Das ist in London Ende des 19. Jahrhunderts passiert. Es herrschte ein einziges Chaos, bis ein Vampirkönig die Herrschaft übernahm und seine Untertanen zwang, hinter sich aufzuräumen. Mit ‚Aufräumen' meine ich, dass sie die Gedächtnisse und Erinnerungen der Leute löschen mussten. Dennoch gab es so viele unerklärte Tode, dass der Vampirkönig den Medien Tipps geben musste, damit die Menschen dachten, einige der Morde wären das Werk eines Serienmörders."

„Oh mein Gott." Sie lässt den Stylus fallen, scheint es allerdings nicht zu bemerken. „Willst du damit sagen, dass manche Serienmörder in Wahrheit Vampire waren?"

„Ja." Ich gehe zum Sofa und bücke mich, um ihren Stylus aufzuheben. Dadurch sind unsere Köpfe auf einer Höhe, weshalb ich so verharre und in ihren persönlichen Raum eindringe.

„Okay. Das wäre nicht gut." Sie knabbert an ihrer Lippe und ich bin kurz abgelenkt, weil ich mir vorstelle, wie ich das Gleiche bei ihr tue. „Also sollten wir besser versuchen, mit diesem Thaddeus-Kerl zurechtzukommen. Ihn zu besänftigen."

Sie hat recht. Das muss mir allerdings nicht gefallen.

„Es gibt diese ganze andere Welt, von der Menschen nichts wissen." Sie zieht die Nase kraus. Sie riecht nicht verängstigt. Nur fasziniert. Derartige Dinge zu durchdenken, ist das, worin sie gut ist. „Was würde eine Session für einen Vampirkönig überhaupt umfassen?"

Ein Knurren vibriert in meiner Brust. Ich will nicht über

Blutsauger und ihre Sexclubs sprechen. „Diese Entscheidung läge bei uns. Wir sollten es jedoch richtig machen. Je unterhaltsamer die Session ist, desto zufriedener wird er sein. Andernfalls wird er nicht zustimmen, dass der Gefallen erledigt wurde."

„Und was dann?"

„Dann würde er womöglich mehr verlangen. Wie beispielsweise, dass er von dir trinken darf."

Sie erschaudert und ich erhebe mich, um jegliche Monster abzuwehren, die in den Schatten lauern.

„Das würde ich nicht erlauben. Bevor das geschieht, würde ich ihn von mir trinken lassen."

„Das werde ich auch nicht zulassen." Sie zieht mich nach unten, sodass ich neben ihr sitze, und legt ihre Arme um meinen Hals. „Niemand beißt dich außer mir. Ich schätze, das Beißen hat eine sexuelle Note?"

Ich nicke. Alles, was mit Vampiren zu tun hat, macht mich krank.

Ihre Finger tanzen über meinen Bart und streifen meine Lippen. Normalerweise würde ich spielerisch nach ihnen schnappen, doch ich bin noch zu sehr mit meinen Gedanken beschäftigt.

„Was ist los?", murmelt sie.

„Ich habe dich in Gefahr gebracht. Schon wieder."

„Ich habe mich für das hier entschieden. Ich habe mich für dich entschieden. Und wir können alles tun, schon vergessen? Wir können sämtliche Widrigkeiten überwinden. Solange wir es gemeinsam tun." Sie fährt mit der Hand durch meine Haare und ich presse meinen Kopf in ihre Handfläche. Ich hätte nie gedacht, dass es mir gefallen würde, gestreichelt zu werden, und das tut es auch nicht, außer sie streichelt mich. „Ich weiß zwar nichts über paranormale Politik, aber ich weiß, wie man mit Kerlen mit großen Egos umgeht. Und anderen großen … Dingen." Sie schenkt mir ein verschmitztes Lächeln.

Nun, das hört sich schon besser an. Sie spreizt ihre Beine und ich fange eine Wolke ihres Geruchs auf. Das bringt mich vom Thema ab und ich bin willig, doch sie denkt noch immer über alles nach. „Er hat seinen Club Twilight genannt. So wie die Filme. Ich wette, das ist ein Hinweis auf diese ganze Sache."

„Versuche nicht, einen Vampir zu verstehen."

„Einen Sexclub zu besuchen, könnte Spaß machen. Ich meine … Wir spielen ständig kinky Spielchen." Sie hebt ihr Bein und reibt es an meinem. „Aubrey und ich haben einmal eine Checkliste mit verschiedenen Kinks ausgefüllt. Ich habe sie vermutlich noch irgendwo."

„Das klingt gut." Ich senke meinen Kopf, um mit der Nase über ihren Busen zu gleiten, aber sie hält mich auf.

„Noch eines. Es könnte eine gute Idee sein, einen Medienberater einzustellen, der an eurem Image arbeitet. Die Vampire werden in den Medien viel positiver repräsentiert als Werwölfe. Ich mein ja nur."

„Verdammte Blutsauger", schimpfe ich, woraufhin sie lacht und mich für einen Kuss zu sich zieht.

KAPITEL DREI

Madi

Die Morgen im Büro gehören zu meiner liebsten Zeit des Tages. Es gibt mir noch immer einen Kick, Teil einer großen Firma zu sein, die ich jetzt sogar leite.

Da ich lerne, das Imperium meiner Großmutter zu führen und meine Rolle als Rudel-Luna zu erfüllen, sind meine Tage und Nächte mehr als ausgefüllt.

Ich habe Aubrey eine Nachricht geschickt und gefragt, ob sie sich heute Abend mit mir treffen möchte, doch sie meinte, sie würde bis über die Ohren in Uni-Arbeiten versinken. Ich vermute, dass das stimmt, dennoch ist es enttäuschend.

Wenn wir zuvor viel zu tun hatten, sahen wir einander wenigstens als Mitbewohnerinnen zwischen Tür und Angel. Und davor als Freundinnen, die im gleichen Apartmentgebäude lebten. Jetzt vermisse ich sie einfach. Allerdings kann ich mit ihr ohnehin nicht darüber sprechen, was wirklich in meinem Leben los ist, das mit jedem Tag verrückter wird. Ich promoviere in Rudelpolitik mit dem Nebenfach paranormale Kultur.

Und dann gibt es noch den neuen Schnellkurs über Vampire. Ich wünschte, ich könnte Aubrey anrufen, ihr alles berichten und ihre Perspektive erhalten. Einem Menschen von alldem zu erzählen, wäre ein Verrat, der meinen Gefährten und alle in seinem Leben in Gefahr bringen würde, doch ich bin trotzdem versucht, es zu tun.

„Klopf, klopf", trällert eine helle Stimme. Ruby schwebt in mein Büro. Sie sieht in ihrem roten Blazerkleid sehr schick aus. Ich klappe meinen Laptop zu und trete hinter meinem Schreibtisch hervor, um ihr einen Luftkuss zu geben.

Es war eine Herausforderung, mich an Bricks Welt zu gewöhnen, doch ich habe eine Geheimwaffe. Meine zukünftige Schwägerin weiß viel über das Gestaltwandlerleben und bleibt dabei vollkommen ehrfurchtslos. Ihre Mutter Catherine ist mir ebenfalls eine großartige Beraterin. Da Ruby Brick näher steht und eher in meinem Alter ist, ist sie jedoch eine Vertraute für mich geworden.

Dennoch vermisse ich Aubrey.

„Hast du Hunger?", frage ich. „Ich glaube, Emerson hat uns Salate mit Steakstreifen besorgt. Deiner hat eine Extraportion Steak."

„Exzellent." Sie lässt sich von mir zu einem kleineren Konferenzraum führen, wo unser Essen wartet. „Ich liebe es, dass wir das hier regelmäßig tun. Da Scarlett auf der Uni ist, vermisse ich unsere Schwesternzeit."

Aufregung packt mich. „Ich habe mir immer eine Schwester gewünscht."

„Sei vorsichtig, was du dir wünschst." Sie häuft Steak auf das Baguette, das mit unseren Salaten geliefert wurde, und macht ein riesiges Sandwich. „Wenn du erst einmal eine Grenze überschritten hast, ist es schwer, sie zurückzukriegen. Scarlett und ich haben die gleiche Schuhgröße. Ich kann dir gar nicht sagen, wie oft ich in meinem Schrank nach einem Paar Manolo Blahniks gesucht habe, nur um sie an ihren Füßen zu entdecken … Also tue ich natürlich das Gleiche mit ihren Schuhen."

„Ich glaube, damit komme ich zurecht. Ich habe jetzt mehr Kleider, als ich tragen kann."

„Man kann nie genug haben", verkündet sie mit vollem Mund, wobei sie sich eine Hand vors Gesicht hält. Ich winke ihren Einwand ab und lasse sie essen. Gestaltwandlerappetit ist kein Witz. Ihre Wölfe sorgen dafür, dass ihr Metabolismus wie verrückt arbeitet.

Ich warte, bis sie ein Sandwich verdrückt hat, bevor ich frage: „Was kannst du mir über Vampire erzählen?"

Sie lacht. „Geht es um Thaddeus?"

„Ja." Ich stehe auf, um zu überprüfen, dass die Tür verriegelt ist. „Thaddeus, der Vampirkönig von Manhattan."

„Er ist so aufgeblasen." Sie verdreht die Augen. „Willst du das nicht essen?" Sie deutet auf mein Baguette und ich schiebe es zu ihr.

„Du wirkst entspannter als die anderen, wenn du über Vampire sprichst."

„Thaddeus ist viel charmanter zu den Wölfinnen als zu den Wölfen."

„Warte, du hast ihn kennengelernt?"

„Kannst du ein Geheimnis bewahren?", fragt sie mit spielerisch gesenkter Stimme. „Ich habe mich einmal rausgeschlichen und das Twilight besucht, bevor ich einen Gefährten hatte."

„Also warst du in seinem Club."

„Das ist etwas, wozu wir Gestaltwandler uns gegenseitig herausfordern wie Teenager, die sich auf Eisenbahnschienen stellen, wenn ein Zug kommt. Dumm. Ein Nervenkitzel."

„Wie war es?"

„Dunkel. Eine Menge roter Samt und schwarzes Leder. Hängende Käfige für Tänzer. Privatzimmer hinten im Club zum … Spielen."

„Es gibt da etwas, was ich nicht verstehe. Warum gehört einem Vampir ein Sexclub?"

„Es ist ein Vampir-Ding. Soweit ich höre, ist es unglaublich erotisch, Blut zu trinken, vor allem für das Opfer." Sie wackelt mit den Augenbrauen. „Und manche Vampire spielen gerne mit unterwürfigen Partnern, vor allem die Masochisten. Es heißt, dass der Schmerz Endorphine freisetzt, durch die das Blut süßer schmeckt."

Ich verenge die Augen zu Schlitzen. „Wegen der neurochemischen Substanzen in der Blutbahn?"

„Genau."

Ich beginne, zu verstehen, warum es so kompliziert ist, sich mit einem Vampir auseinanderzusetzen. Es umgibt sie eine mysteriöse Aura, ein tödlicher Reiz.

„Hast du ihm jemals erlaubt … dich zu beißen?"

„Nein." Sie rümpft die Nase und ich mache mir eine mentale Notiz: Mit der Gefahr flirten, ist ein Spaß, ein echter Machtaustausch ist nicht reizvoll. „Oh, wir haben eine Nacht lang geflirtet. Er wusste sofort, wer ich war, benahm sich jedoch wie der perfekte Gentleman. Er gab mir einen hervorragenden Platz und übernahm die Abendunterhaltung selbst."

„Was hat er getan?"

„Eine Sub ausgepeitscht, bis sie zum Orgasmus kam. Während eine andere ihn geblasen hat." Sie sagt das so nüchtern, dass ich mich an meinem Sprudelwasser verschlucke.

„Es war heiß." Sie wickelt einen Nachtisch – einen Schokoladenbrownie mit Macadamianüssen – aus und verschlingt ihn mit einem Happs.

Ich gebe ihr noch einen Brownie. Ich ließ meine Assistentin Extrabrownies bestellen. „Anscheinend sollen Brick und ich die Abendunterhaltung übernehmen, wenn wir hingehen."

Sie streicht die Krümel von ihren Fingern und wirkt wieder ernst. „Das habe ich gehört. Ihr könntet vielleicht damit davonkommen, nur ein wenig zu zeigen. Macht ein Spektakel daraus."

„Ein Spektakel."

„Ich kenne die Einzelheiten nicht." Sie wedelt mit einer Hand. „Ich spreche gerne über Sex, aber nicht, wenn es um meinen Bruder geht."

„Das verstehe ich." Ich lächle, um meinen Anflug von Sehnsucht zu verbergen. Mit Aubrey konnte ich über mein Sexleben sprechen. Es wurde praktisch verlangt. Das geht allerdings nicht, wenn Vampirkönige und das Schicksal der Stadt involviert sind.

„Ich werde Folgendes sagen", verkündet Ruby. „Vampiren sind Zeremonien wichtig. Pracht und Herrlichkeit. Sie sind so mächtig und alt, dass sie alles gesehen haben. Ihnen ist langweilig. Sie sehnen sich nach etwas Neuem."

„Verstanden." Meine Gedanken wirbeln wild durcheinander, während ich das Rätsel zu lösen versuche. „Diese Perspektive hilft sehr, danke schön."

„Ich bin mir sicher, du kommst zurecht. Sollte es schlimm werden, wird Brick Thaddeus einfach den Kopf abreißen."

„Wir versuchen, das zu vermeiden", erwidere ich trocken.

Sie zuckt mit den Achseln. Anscheinend belasten Gewalt und ein drohender Vampir-Gestaltwandler-Krieg sie nicht sonderlich. Das sieht einem Wolf ähnlich: erst köpfen, dann Fragen stellen. „Das wird die restliche Planung der Paarungs-zeremonie zu einem Kinderspiel machen. Apropos …" Sie wühlt in ihrer Tasche nach einem Ordner. „Ich habe die Gästeliste für die Paarungszeremonie – äh *Verlobungsfeier* – in den Berkshires."

Anscheinend halten ranghohe Familien in der Gestalt-wandlerwelt nach der Beanspruchung einer Gefährtin häufig Paarungszeremonien ab. Catherine hat unsere eine Verlo-bungsfeier genannt in Anspielung auf die menschliche Tradi-tion, doch bisher scheint nichts daran einer menschlichen Tradition zu ähneln.

Ich gehe die Liste durch. Es sind alles hochrangige Mitglieder von Gestaltwandlerfamilien, die größtenteils aus dem Rudel stammen. Es gibt auch einige andere Gestalt-wandler wie Darius Medevev, ein Bärengestaltwandler, mit dem Brick befreundet ist.

Einige Namen fehlen jedoch ganz offensichtlich.

„Was ist mit meiner Familie?"

Sie zögert. „Ich dachte, dass nur Gestaltwandler teil-nehmen würden. Es gibt einige Traditionen bei Paarungsze-remonien, die für Menschen keinen Sinn ergeben würden …"

„Wer spricht jetzt nur von Zeremonien?" Ich gebe ihr den Ordner zurück. „Ich will, dass meine Familie dabei ist. Und einige Freunde."

„Aber …"

„Ich bin ein Mensch und schließe mich dem Rudel an. Das Rudel kann sich ab und zu mit Menschen auseinander-setzen. Betrachte es als Übung für die Hochzeit."

„Verstanden, Luna." Sie neigt den Kopf mit einem breiten Lächeln im Gesicht.

Es klopft an der Tür und meine Assistentin ruft: „Eine Lieferung für Sie, Ms. Evans."

Ich springe auf und entriegele die Tür. „Danke, Emerson."

„Ihr Ein-Uhr-Termin ist da." Sie reicht mir eine hübsche schwarze Schachtel, die mit einem roten Band verschnürt ist.

„Ich komme gleich."

Ich drehe mich zu Ruby um, die die Reste unseres Mittagessens weggeräumt hat. Sie mustert die Schachtel. „Das sieht aus, als sei es von Brick."

Ich untersuche die Schachtel. „Es steht nichts drauf." Ich ziehe das Band auf und Ruby springt auf.

„Weißt du was? Ich werde gehen. Ich will nicht sehen, was dir mein Bruder geschickt hat."

Ich grinse. „Bist du sicher? Ich kann dir erzählen, was wir für den Nachtclub planen …"

„Nein." Sie geht, wobei sie sich die Ohren zuhält und skandiert: „Lalala …"

Lachend widme ich mich wieder der Schachtel. Es fühlt sich richtig an, sie allein zu öffnen. Die Schachtel ist schwer und riecht himmlisch. Wie ein teures Parfüm, das frisch und dennoch blumig ist.

In weißem Seidenpapier liegt ein Dessous-Set aus Spitze – ein BH und Strumpfgürtel. Strümpfe. Kein Höschen.

Mein Ein-Uhr-Termin wartet auf mich, dennoch nehme ich mir einen Augenblick, um Brick eine Nachricht zu schicken. „Ist das deine Art, mir zu sagen, dass wir für unsere Session üben?"

Seine Antwort kommt postwendend. Vermutlich hat er auf meine Nachricht gewartet. „Heute Abend. Ich habe ein Meeting mit den anderen Führungskräften, komme jedoch bis 20:00 Uhr nach Hause. Warte in unserem Schlafzimmer auf mich. Nackt bis auf High Heels und den Inhalt der Schachtel."

Ich presse meine Schenkel zusammen. Mein Magen rumort, als säße ich in einer Achterbahn, die mit einem langen langsamen Aufstieg begonnen hat, bevor es plötzlich steil bergab ging.

Ich antworte: „Ja, Sir."

Los geht's …

* * *

BRICK

Dieser Tag wird nie enden.

Sully schlüpft in mein Büro, gerade als ich Schluss mache. „Der Vampirkönig hat einen Brief geschickt."

„Einen Brief?"

Er wedelt mit einem gravierten Umschlag. Ich kann den Vampirgestank – kalt, metallisch – von hier riechen. „Das Datum steht."

Ich knirsche mit den Zähnen. Vampire lieben ihre Spielchen.

Ein mächtiger Alpha wie ich sollte einem Vampir nicht erlauben, mit ihm zu spielen, vor allem nicht bei einer öffentlichen Session. Thaddeus ist jedoch ein wichtiger Verbündeter. Eine frisch beanspruchte Gefährtin für eine Session zu seinem Club zu bringen, ist eine alte Tradition unter den Paranormalen New Yorks. Seine Bitte auszuschlagen, nachdem man einen Gefallen von ihm verlangt hat, würde von sehr schlechten Manieren zeugen.

Ich hätte dem Vampirkönig trotz der Konsequenzen eine Absage geschickt, wenn ich nicht Madisons Erregung gerochen hätte, als sie von der Forderung des Blutsaugers hörte. Madi war angetörnt. Sie war noch nie in einem BDSM-Club. Sie hat noch nie die Art formeller oder ritualisierter Sexspiele erlebt, die in diesen Etablissements abgehalten werden.

Ich vermute stark, dass die Atmosphäre und unsere Session viele Fantasien meiner Gefährtin erfüllen werden, die Dominanz liebt. Vermutlich werden sie sogar mehrere wahr werden lassen, von denen sie nicht einmal wusste. Ich weiß, dass meine Autorität sie zum Auslaufen bringt.

Was meine Gefährtin will, bekommt sie.

Die Vorstellung, ihr diese Welt zu zeigen – sie in diese Teufeleien einzuführen – törnt mich an. Ein Teil von mir kann es nicht erwarten, ihr Dom in einem BDSM-Club zu sein. Der andere Teil befürchtet, dass ich die Kontrolle über meinen Wolf verliere und ein anderes Männchen zerfetze, weil es sie angeschaut hat.

Allerdings wird sie die gesamte Zeit meiner Kontrolle unterstehen. Kein anderer wird sie anfassen. Und ich könnte ihr die Augen verbinden, wenn ich nicht möchte, dass sie andere Männchen ansieht. Hmm. Es würde meinen Wolf wirklich beruhigen, wenn ich sie an einem Halsband und einer Leine führen würde.

Als ich zu unserem Wohngebäude gelange, ignoriere ich den Aufzug und nehme die Treppe. Ich erklimme sie zwei Stufen auf einmal. Der Vampirkönig soll wegen seiner Forderung in der Hölle schmoren, doch heute Nacht? Heute Nacht geht es nur um uns. Um Empfindungen und unsere Verbindung.

Ihr Duft reizt mich, sowie ich den Flur des Penthouses betrete. Mein Schwanz drängt sich gegen meinen Reißverschluss, als ich ihrem Geruch folge und sie wie meine Beute jage. Ich drehe den Schlüssel im Schloss und betrete unser Apartment. Ich finde sie in unserem Schlafzimmer. Sie hat meine Befehle befolgt, wie ich es mir gedacht habe. Meine Gefährtin macht es immer richtig.

Sie steht in den Schatten, hat die Beine gespreizt und die Hände auf ihrem Kopf.

Sie ist perfekt.

„Braves Mädchen", schnurre ich.

„Bin ich das?", fragt sie mit sinnlicher Stimme.

* * *

MADI

Brick schlendert in den Raum. „Ja, das bist du."

Meine Waden sind vom Warten verkrampft. Ich bin an

unbequeme High Heels gewöhnt, doch minutenlang stillzu-stehen? Wie schaffen Models das nur?

Doch nun, da er da ist, war es das Warten wert. Er füllt den Raum mit seinem waldigen Duft und mehr – seiner Dominanz. Sie umhüllt und bedeckt all meine Sinne. Die steifen Muskeln in meinem Rücken und Hals entspannen sich. Nach einem langen Tag im Büro, an dem ich Befehle erteilen musste, ist es schön, dass ein anderer die Kontrolle übernimmt. Ich kann endlich mein Gehirn ausschalten und mich auf ihn einlassen.

Als er um mich herumgeht, spüre ich, dass er mich mustert. Ich blicke derweil stur geradeaus.

„Der heutige Abend ist ein Test. Eine Probe für unsere Session."

Mein Herz hämmert im Takt mit seinen Schritten.

„Du wirst jedem einzelnen meiner Befehle gehorchen. Sofort und ohne Nachfragen."

Ja!

„Wenn wir im Twilight sind, wird die gesamte Aufmerk-samkeit auf uns liegen. Sie wollen einen Beweis für meine Dominanz sehen."

„Ich verstehe", erwidere ich atemlos.

Er vergräbt seine Hand in meinen Haaren und zieht meinen Kopf nach hinten. „Ich glaube nicht, dass du das tust. Alle werden zuschauen."

Die Perfektionistin in mir ist begeistert. Ich blühe unter Druck auf und ein Teil von mir will eine Show abziehen. Ich werde mein Bestes geben und alle werden wissen, wie perfekt ich bin.

„Sie werden wissen wollen, wer die Kontrolle hat. Und du kennst die Antwort darauf, nicht wahr?"

„Ja, Sir."

Er bleibt stehen und Hitze rollt über mich, weshalb ich die Luft anhalte. „Wer besitzt dich, Madi?"

„Du tust das, Sir." Meine Stimme klingt erstickt vor Erregung. Ich könnte ohnmächtig werden vor Lust.

„Auf deine Knie." Brick wirft für meine Knie ein Kissen auf den Boden und reicht mir eine Hand, an der ich mich festhalten kann, während ich auf die Knie sinke. Es ist eine Erleichterung, nicht mehr auf den High Heels stehen zu müssen, und das Kissen erleichtert das Knien ungemein. Brick öffnet seinen Gürtel unter viel Aufhebens und zieht ihn durch die Schlaufen. Er faltet ihn in der Mitte und schlägt mit dem Leder auf seine Handfläche, was ein Klatschgeräusch erzeugt.

Ich zucke leicht zusammen. Ich zittere jetzt aus einer Mischung aus Aufregung und Nervosität.

„Hol meinen Schwanz raus", befiehlt er.

Ich beeile mich, seine teure Hose aufzuknöpfen und deren Reißverschluss zu öffnen. Sein Schwanz ist hart und im Stoff seiner Boxerbriefs und Hose gefangen. Er federt heraus, als ich die Unterhose weit genug senke, um ihn zu befreien.

Ich greife nach Bricks Erektion, halte jedoch inne und warte meine Befehle ab. Ich begegne seinem Blick. „Darf ich?"

„Halte ihn unten an der Wurzel fest, Madi. Genau so", knurrt er seine Zustimmung, als ich meine Faust um ihn schließe. „Führe ihn an deinen Mund."

Da ich ihn zufriedenstellen möchte, gefallen mir die konkreten Anweisungen. Es bleibt kein Raum für die Frage, ob ich es so tue, wie es ihm gefällt, oder nicht. Er sagt mir, was ich tun soll, und ich tue es.

Ich öffne meine Lippen und beuge mich mit langem, geradem Rücken vor, wobei sich meine Zehen unter meinem Hinter befinden, um mich auf die richtige Höhe zu heben. Ich beginne langsam und lecke mit winzigen, flatternden Zungenschlägen um die gesamte Spitze.

Bricks Schwanz wird noch härter – so hart wie Stahl. „Spreiz deine Schenkel, damit ich deine süße Erregung besser riechen kann." Seine Stimme ist guttural. Rau.

Ich spreize meine Knie weit und bin mir bewusst, was für einen Anblick ich wahrscheinlich abgebe. Ich war nie richtig eins mit meinem Körper – ich fühlte mich nie wie die Gelenkige oder die Geschmeidige oder die Sportliche oder Elegante. In diesem Moment fühlt sich mein Körper jedoch allmächtig an. Sogar prächtig.

Brick sorgt dafür, dass ich mich so fühle.

Mein Bedürfnis, ihn zu befriedigen, war noch nie stärker.

Ich nehme seine Schwanzspitze in den Mund, halte sie so fest und streichle mit der Faust über seine Länge.

Er stöhnt.

Dann bewege ich meinen Kopf im Einklang mit meiner Hand und folge ihr zur Wurzel, um ihn tief aufzunehmen, bevor ich zur Spitze zurückkehre, während meine Hand aufwärts gleitet. Ich beginne, einen Rhythmus zu finden, doch Brick hält mich mit einem rauen „Genug!" auf.

Ich löse mich sofort von ihm und starre zu ihm auf.

Kurz frage ich mich, ob ich etwas falsch gemacht habe, doch dann erkenne ich, dass ich es richtig gemacht habe. Er war bereits kurz vor einem Höhepunkt und will noch nicht kommen.

„Leg dich mit dem Gesicht nach unten auf das Bett und spreiz deine Arme und Beine weit."

Ich beeile mich, ihm zu gehorchen. Meine Pussy ist bereits feucht, weil ich seinen Schwanz in meinem Mund hatte. Ich freue mich wahnsinnig darauf, was er mir anzubieten hat.

Ich höre ihn in meiner Nähe hin und her laufen. „Heb deine Hüften an", befiehlt er und schiebt ein Kissen unter sie. Mein Hinter ragt jetzt in die Luft und ist vermutlich in der perfekten Position für ein Spanking.

Er fasst mich allerdings nicht an. Er lässt sich Zeit und fesselt meine Hand- und Fußgelenke mit breiten, roten Satinstreifen an die Bettpfosten.

Obwohl ich mich mit dem Gesicht nach unten auf der Matratze befinde und nicht sehen kann, was er tut, platziert er eine Binde über meinen Augen. Das erleichtert es mir, mich dem Moment hinzugeben und Brick nicht nur mit meinen Ohren, sondern mit jeder Nervenfaser zu lauschen. Mit meinen Zellen. Meinem Wesen.

Ich erschaudere, als etwas unendlich Weiches über meinen Rücken gleitet. Weiche Lederstränge vielleicht. Ein Flogger?

Er schwingt ihn leicht und die Stränge streifen meinen Hintern.

Jepp. Ein Flogger.

Brick beginnt langsam und wärmt mich auf, indem er mit dem Schlagwerkzeug Achter auf mein Hinterteil zeichnet. Es tut überhaupt nicht weh.

Es fühlt sich einfach nur wundervoll an.

Ich hebe meinen Hintern, weil ich mehr will. Er verstärkt die Intensität und ich beginne, mehr als Wärme wahrzunehmen. Jetzt brennt es ein wenig. Es ist jedoch nach wie vor wundervoll.

Dann schlägt er fester auf die untere Hälfte meines Hinterns.

Ich keuche, meine Zehen krümmen sich und mein Po verkrampft sich.

„Oh nein." Er klopft auf mein Hinterteil. „Denkst du, du kannst diesen Hintern anspannen und mich aussperren?"

Er zieht meine Arschbacken auseinander und ich spüre, wie ein kalter Klecks Gleitgel auf mein Poloch tropft. „Wem gehört dieser Hintern?", fragt er, gleitet mit einem Finger hinein und massiert den engen Muskelring, bis er sich ein wenig lockert. „Hmm?"

„Dir, Sir."

Er dringt mit einem zweiten Finger in meinen Hinterein-gang. Meine Pussy verkrampft sich um nichts als Leere. Meine Innenschenkel spannen sich an und versuchen erfolg-los, meine Beine zusammenzuziehen.

Die Empfindung, seine Finger in mir zu haben, ist erotisch und falsch zugleich. Ich strenge mich an, mich zu entspannen und seinem Willen zu unterwerfen.

„Was für ein Jammer. Du wünschst dir, du hättest auch etwas in deiner Pussy, oder?"

„Ja!", heule ich. Er hat recht. Ich zerre an meinen Handge-lenken, um sie zu befreien, damit ich eine Hand zwischen meine Beine schieben kann.

„Ich sag dir was. Lass uns herausfinden, wie du mit einem Analplug und einem Flogging zurechtkommst. Wenn du ein braves Mädchen bist, werde ich deine Pussy mit einem Vibrator füllen, der auf der höchsten Stufe vibriert."

„Ahhh-ah." Teils schreie, teils stöhne ich. Er spielt bereits mit meinem Verstand, indem er mir verrät, was ich zu erwarten habe. Allein die Vorstellung bringt mich dazu, um Erlösung zu betteln. „Bitte, Brick", schluchze ich.

Er zieht seine Finger aus meinem Hintern und ersetzt sie mit mehr Gleitgel und dem kühlen, knollenförmigen Ende eines Edelstahlplugs. Bei der Empfindung spanne ich mich an.

Brick packt meinen Hintern und schüttelt ihn. „Entspann diesen Hintern, Baby. Zeig mir, dass du mein braves Mädchen bist."

Natürlich muss ich mich beweisen.

Ich entspanne mich und Brick drückt gegen den Plug, woraufhin er mein Loch durchbricht und mich weiter dehnt, als ich es für möglich gehalten hätte. Es brennt ein wenig und ich wimmere.

„Drück nach hinten", weist mich Brick an.

Ich drücke mit den Muskeln gegen den Plug, wodurch ich mich öffne, um ihn besser aufzunehmen. Beim nächsten Atemzug gleitet der breiteste Teil des Plugs in mich und rutscht an Ort und Stelle. Die Erleichterung erfolgt sofort.

Die Wonne ist endlos.

Ich stöhne.

„Jetzt spann deine Muskeln um den Plug herum an, während ich dich auspeitsche, Kleines."

„Ich höre nicht auf Kleines", fällt mir ein, ihn zu informieren.

„Bist du wirklich in der Position, jetzt frech zu werden?" Er senkt den Flogger härter als zuvor auf meinen Po und ich zucke zusammen. Er fährt fort, mich damit zu schlagen, und lässt meinen Hintern förmlich tanzen, während er auf der Grenze zwischen zu viel und nicht genug balanciert.

Er hält inne und bewegt den Plug in meinem Hintern rein und raus.

„*Bitte!*", stöhne ich.

„Musst du kommen, meine freche Assistentin?"

„Ja!"

Er bewegt den Plug noch etwas mehr, bevor er den kleinen Motor des Vibrators anschaltet. „Braucht deine Pussy auch etwas, um das sie sich verkrampfen kann?"

„Ja!", heule ich.

Er dringt so weit mit dem Vibrator in mich, bis der Teil für den Kitzler auf diesem empfindlichen Teil meiner Anatomie ruht.

Ich komme sofort und ohne Vorwarnung.

Ich bin schockiert davon, wie heftig ich komme. Mein ganzer Körper bockt unter der Wucht des Orgasmus und ich scheine nicht aufhören zu können. Der Vibrator ist noch in mir, der Plug dehnt meinen Hintern und mein Fleisch ist heiß von dem Flogger und dem langen Vorspiel, bei dem ich vorbereitet wurde, auf Brick warten und ihm dienen musste.

Es fühlt sich an, als wäre ich in den geschmolzenen Erdkern geschossen und anschließend durch einen Vulkan zurückkatapultiert worden.

Ich komme noch immer, als Brick den Vibrator entfernt. „Habe ich gesagt, dass Sie kommen dürfen, Ms. Evans?"

Ich bin unfähig, andere Laute von mir zu geben als „Ahhhh uhhhh".

„Habe ich gesagt, dass Sie ohne mich kommen dürfen?"

Ich keuche. Anscheinend hat der Orgasmus endlich geendet und ich bin jetzt so schlaff wie eine Stoffpuppe. Ich hebe den Kopf und befeuchte meine Lippen mit der Zunge. „Nein, Sir?"

Ich höre das Rascheln von Kleidung. Brick zieht sich nackt aus.

„Nein, das habe ich nicht gesagt. Das bedeutet, dass ich heute Nacht deinen Hintern ficken werde, Babygirl. Ohne einen Vibrator in deiner Pussy."

Er zieht den Analplug aus meinem Po.

Ich weiß, dass wir nur spielen, doch ich war so tief im Subspace, und jetzt klingt er so missbilligend, dass ich zu fallen beginne. „Nein", wimmere ich. „Ich werde brav sein."

Doch Bricks warmer Körper klettert über meinen, um mich zu beruhigen. „Ich weiß, dass du das sein wirst", grollt er an meinem Ohr. Er verdeckt meinen Körper mit seinem und lässt eine Hand unter meine Hüften gleiten, um meinen Kitzler zu streicheln. Meine Pussysäfte überziehen seine Finger. Er dringt einige Male mit ihnen in meinen Kanal.

„Du bist immer brav", murmelt er anerkennend, während seine andere Hand meinen Busen streichelt. „Sogar, wenn du sehr böse bist."

Es ist albern, allerdings genau das, was ich hören musste. Ich brauchte die Versicherung, dass er nicht wirklich enttäuscht war. Dass ich nichts falsch gemacht habe, indem ich ohne ihn gekommen bin und bevor er es befohlen hat.

Er löst die Bänder um meine Handgelenke, lässt meine Beine jedoch gefesselt und überzieht seinen Schwanz mit Gleitgel.

„Führe deine Finger zwischen deine Beine und erzähl mir, was du fühlst." Seine Stimme ist tief und rau.

Ich gehorche, während er meine Pobacken weit auseinanderzieht.

„Ich fühle mich … so feucht an."

Er drückt seine Schwanzspitze gegen mein Poloch. „Mh hmm. Und was noch?" Er dringt vor und gleitet mühelos in mich, da ich bereits von dem Analplug gedehnt wurde.

„Ahhh-uhn", stöhne ich. „Glitschig."

Er gleitet einen fetten Zentimeter nach dem anderen in mich.

Ich muss mich anstrengen, damit ich atmen und mich entspannen kann.

„Und geschwollen. Ich fühle mich dort unten so geschwollen an."

„Und hier hinten so eng." Brick beginnt, sich in mir zu bewegen, wobei er auf geschmeidige Bewegungen achtet. Ich weiß, dass er sich zurückhält, da er normalerweise viel grober ist und seine Hüften regelrecht gegen mich klatschen, wenn er sich tief und hart in mich rammt.

Nachdem ich mich darauf eingelassen habe, fängt es an, sich wundervoll anzufühlen. Ich versenke drei Finger in meiner Pussy, dann vier. Ich habe mich noch nie so feucht und einladend angefühlt.

Brick fickt meinen Hintern und ich meine Finger. Es ist so intensiv.

„Darf ich … Darf ich?", bettle ich.

„Warte." Brick klingt, als würde er keuchen. Er muss kurz vor dem Höhepunkt sein. Er greift unter meine Hüften und seine Finger verflechten sich mit meinen, um in meine Pussy zu gelangen.

„Jetzt, Madi."

Wir kommen beide. Brick pumpt noch zweimal in mich und verspritzt seine Ladung in meinem Hinten. Ich komme um mehrere unserer verschränkten Finger.

In der darauffolgenden Euphorie wird mir bewusst, wie unglaublich es ist, dass jeder Tag und jede Nacht mit Brick einfach immer besser ist als die vorhergehende.

KAPITEL VIER

Madi

Nachdem wir zu meiner großen Freude die ganze Woche lang ‚geübt‘ haben, kommt der Abend unseres Auftritts.

Der Club Twilight befindet sich in einem langweiligen grauen Backsteingebäude in Chelsea. Unser Fahrer Tony fährt an den Straßenrand, doch bevor er aussteigen kann, um unsere Türen zu öffnen, springt Brick aus dem Wagen. Er blickt den Gehweg hoch und runter, wobei er in seinem dunklen Anzug riesig und einschüchternd wirkt. Ich gebe ihm die Zeit, nach Raubtieren zu schnuppern, und bewundere, wie umwerfend er aussieht.

Der Mond beleuchtet seine Haare und lässt sie silberfarben erscheinen. Seine Augen funkeln, aber als er blinzelt haben sie wieder ihre normale, menschliche, blaue Farbe.

Ein zweiter Wagen hält hinter uns und Billy sowie Sully steigen aus. Sie knallen ihre Türen gleichzeitig zu und kommen im Gleichschritt zu uns. Sie schließen sogar synchron ihre Manschettenknöpfe. Ich verkneife mir ein Lächeln. Jetzt ist nicht der richtige Zeitpunkt, um sie darauf aufmerksam zu machen, wie einstudiert ihre Bewegungen aussehen. Sie stehen zu stark unter Strom.

Sie besprechen sich auf dem Gehweg. Ich rufe ihnen beinahe zu – *vergesst ihr nicht jemanden? Mich?* – beiße mir jedoch auf die Zunge.

Sie sind wegen heute Abend super angespannt, was verständlich ist. Wir befinden uns theoretisch gesehen in feindlichem Gebiet. Doch nach meinem Gespräch mit Ruby und all unseren Vorbereitungen bin ich vor allen Dingen fasziniert.

Endlich kommt Brick, um mir aus dem Wagen zu helfen. Er ist der perfekte Gentleman, allerdings kann ich spüren, wie steif sein Arm ist.

Außerdem ist bald Vollmond. Hat Thaddeus dieses Datum absichtlich gewählt, weil er weiß, dass es in dieser Zeit wahrscheinlicher ist, dass Brick die Kontrolle verliert?

Demzufolge, was ich über Vampire weiß, sieht ihnen diese Art schelmischer Manöver ähnlich.

Jetzt bin ich ebenfalls angespannt.

Als wir die Treppe zu der unauffälligen Tür erklimmen, gehe ich gedanklich durch, worauf Brick und ich uns geeinigt haben.

„Wir werden es einfach halten", beschloss er. Er wird mich herumkommandieren, ich werde mich wie die perfekte Sub benehmen. Er wird mich über eine Bank beugen und mir durch meine Unterwäsche hindurch den Hintern versohlen.

Unter meinem Kaschmirmantel trage ich ein Kleid. Kurz, weiß, mit leichtem Zugang. Ich sehe wie ein Jungfrauenopfer aus. Was der Sinn und Zweck des Ganzen ist.

In dem Gebäude ist ein schwarz-weiß gefliestes Foyer mit einem Kronleuchter. Es riecht schwach nach Weihrauch und klassische Musik weht leise aus versteckten Lautsprechern. Man könnte annehmen, wir würden an einer Hausparty der Oberschicht teilnehmen, würden wir nicht von einer Hostess in einem schwarzen PVC-Catsuit und zwanzig Zentimeter hohen High Heels begrüßt werden. Sie nimmt unsere Mäntel und schickt uns einen langen Gang mit goldgerahmten Spiegeln entlang. Der Gang endet bei einem Paar roter Samtvorhänge. Brick tritt vor mich, als wolle er mich schützen. Er holt tief Luft und zieht die Vorhänge auseinander. Dahinter befindet sich eine riesige mittelalterlich aussehende Tür aus Holz und Eisen. Sie sieht dick aus, vibriert jedoch im Takt der Clubmusik dahinter.

Brick hält inne, bevor er dreimal donnernd anklopft.

„Los geht's", brummt Billy.

Die Tür schwingt auf und die Klänge eines Basses schlagen uns entgegen. Sie sind so laut, dass meine Zähne klappern. Ich kann mir nur ausmalen, wie überwältigend der Lärmpegel für einen Gestaltwandler mit Supergehör ist.

Ich nehme Bricks Arm und wir gleiten durch die Tür.

Ich fühle mich wie eine rehäugige Unschuldige, als ich durch den Club laufe. Auf den ersten Blick sieht der Laden wie ein Bar/Restaurant-ähnlicher Veranstaltungsort mit Tischen und Stühlen aus. Letztere sind bereits mit Leuten besetzt, die einen Cocktail oder eine Flasche Wein genießen. Kellner in weißen Piratenanzügen und schwarzen Torseletts schlängeln sich mit Tabletts zwischen den Tischen hindurch.

Ein weltmännisch aussehender Mann in einem weißen Smoking lächelt uns zu, als wir an ihm vorbeigehen, und das blaue Licht reflektiert von seinen langen Eckzähnen.

Vampir.

Ich wende den Blick ab und bemühe mich, nicht daran zu denken, was wirklich in seinem Glas Rotwein ist.

Hinter den normalen Sitzgelegenheiten stehen sperrige, seltsame Möbelstücke. Spanking-Bänke, einige Andreaskreuze und komplizierte Rahmen aus glänzendem Holz und schwarzem oder rotem Leder. Alkoven mit Vorhängen säumen die Wände – Orte, an die man sich mit dem eigenen

Partner für einen privaten Moment zurückziehen kann. Die meisten der Vorhänge sind geöffnet und enthüllen die Tiefen der dahinter liegenden Spielzimmer.

Einige sind besetzt und ich will den Hals recken, um zu sehen, was die Paare oder Triaden tun, will allerdings nicht starren. Ich habe bereits das Gefühl, als wären Brick und ich das ahnungslose Paar aus der *Rocky Horror Picture Show.*

Billy und Sully flankieren uns. Ich habe gegen ihre Begleitung protestiert, wurde jedoch informiert, dass es wichtig sei, Wölfe mitzunehmen, um Stärke zu demonstrieren.

Sie haben die strikte Anweisung, zu gehen, sobald unsere Show beginnt. Sie hassen das, doch ich wollte keine Session vor ihnen abhalten und Brick stimmte zu.

Die Tanzfläche in der Clubmitte ist gefüllt mit Feiernden, die sich in den Neonlichtern bewegen. Sie tanzen um eine dreieinhalb mal dreieinhalb große Bühne, die mit einem roten Seil abgetrennt ist. Ich kann keine hängenden Käfige sehen und die Bühne ist leer. Fürs Erste.

Bis zu unserem Auftritt.

Über der Bühne befindet sich ein großer Luftraum, der den Blick auf eine offene Galerie freigibt. Von dieser zweigen in regelmäßigen Abständen Türen ab. Zudem verfügt sie über eine Brüstung, an die sich die Leute lehnen und auf die Bühne hinabstarren können. Oder sie können wie in einem Hotel in eines der Zimmer einchecken und sich im Privaten miteinander vergnügen.

Am Ende des Clubs befindet sich ein riesiger Goldthron auf einer Plattform, die höher als die Bühne ist. Um diesen drängt sich ein ganzer Pulk Clubbesucher, von denen einige ebenfalls tanzen. Auf dem Thron sitzt ein großer, gut gebauter Mann mit leicht gebräunter Haut. Die Scheinwerfer, die auf ihn gerichtet sind, lassen seine Haare in einem strahlenden Weißgold leuchten.

Das muss Thaddeus der Vampir und selbsternannte König Manhattans sein.

Bei unserem Herannahen richtet er sich auf, blickt an seinem in Leder gekleideten Publikum vorbei, hebt eine Hand und schnippt mit den Fingern. Die pulsierende Musik wird leiser. Die meisten Tänzer ziehen sich von der Tanzfläche zurück, um ihre Plätze einzunehmen, und die Menge teilt sich, um uns zum Thron durchzulassen. Es ist offensichtlich, dass Thaddeus und seine Gruppe auf uns gewartet haben.

Thaddeus winkt uns zu sich.

Bricks Brust vibriert – sein Wolf denkt, dass er einbestellt wird, und das gefällt ihm nicht.

Thaddeus' Lippen zucken und er hebt stattdessen seine Hand zu einer neutralen Begrüßung.

Wir treten in den weißen Lichtkreis, dessen Hitze sengend ist. Es sind mehr Scheinwerfer auf uns gerichtet als auf die Bühne und mir wird bewusst, dass Thaddeus der größte Darsteller in diesem Club ist.

Brick betritt das Podest des Throns und nimmt mich mit sich. Im Stehen bin ich dadurch auf Augenhöhe mit dem Vampir auf dem Thron.

„Alpha und Luna Blackthroat, willkommen." Thaddeus hat eine attraktive, melodische und tiefe Stimme. Der Hauch eines gepflegten britischen Akzents schwingt darin mit, klingt allerdings gekünstelt. Aus der Nähe ist eindeutig, dass er kein Make-up trägt. Seine Haut ist von Natur aus so glatt und seine Wimpern sind so dunkel. Daher gelange ich zu der Schlussfolgerung, dass seine platinblonden Haare auch nicht gefärbt, sondern seine natürliche Haarfarbe sind.

„Thaddeus." Brick macht deutlich, dass er nicht in der Stimmung ist, Spielchen zu spielen. Er ragt über dem Mann auf, der auf dem Thron lümmelt, doch Thaddeus scheint das nicht zu stören. „Wir haben deine Einladung erhalten."

„Ich fühle mich geehrt, dass ihr gekommen seid." Er klingt so aufrichtig, dass ich weiß, dass es nur vorgetäuscht ist. Unser Auftritt hat bereits begonnen.

Aber ist das Leben in der Geschäfts- und Politikwelt nicht so? Keiner von uns ist im Büro oder hinter einem Podium sein echtes Selbst. Jeder kurze Blick auf Authentizität ist sorgfältig durchdacht. Ich hätte nie gedacht, dass mich all das Gehabe in der Vorstandsetage auf ein Treffen mit einem Vampir vorbereiten würde, doch hier sind wir.

„Ich konnte es nicht erwarten, deine neue Luna kennenzulernen." Thaddeus wendet sich an mich.

Ich achte darauf, ihm nicht in die Augen zu schauen, was seltsam, jedoch notwendig ist angesichts der Macht, die Vampire besitzen. Ich glaube, sie können allein mit ihrer Stimme Leute in ihren Bann schlagen, weshalb ich nur für den Fall meinen Blick auf seine glatte Stirn und seinen weißblonden spitzen Haaransatz hefte.

„Hallo", sage ich. Ich spüre Thaddeus' Aufmerksamkeit auf mir. Es ist schmeichelnd, wie intensiv er sich auf mich konzentriert. Adrenalin durchströmt mich und ich kämpfe gegen die Empfindung an. Ich darf seinen Reizen nicht unterliegen.

Außerdem hatte ich zuvor schon mit mächtigen Männern zu tun. Ich bekomme nicht so schnell Angst, werde allerdings auch niemanden unterschätzen.

„Ah, Blackthroat …", schnurrt Thaddeus. „Sie ist exquisit."

Brick erstarrt auf eine Weise, die bedeutet, dass sich sein Wolf auf Gewalt vorbereitet.

„Ich bin hier." Ich verdrehe meine Augen. „Wenn du mir ein Kompliment machen willst, kannst du mit mir sprechen. Außer du versuchst bloß, meinen Verlobten aufzuregen."

Einige der in Leder gekleideten Leute hinter dem Thron keuchen und dann herrscht angespanntes Schweigen. An meiner Seite bewegt sich Sully leicht und ich weiß, dass er sich bereit macht, vor mich zu springen, falls sich der Vampirkönig auf meine Kehle stürzt.

Thaddeus bricht in dröhnendes Gelächter aus. Es ist so laut, dass es über den Bass hinten im Club zu hören ist, doch es klingt irgendwie hohl. „Ich habe gehört, dass du ein Rückgrat hast. Ich hätte wissen sollen, dass ein Schaf nicht mit Wölfen heulen könnte." Einige seiner Gruppe kichern mit ihm und ich verspüre einen Anflug von Mitleid und Verachtung. Er hat eintausend Jahre gelebt und hat lediglich einen Fetisch-Club und einige Anhänger? Kein Rudel. Keine Freunde. Keine Gefährtin.

Dieser arme Kerl. Kein Wunder, dass er die Machtstrippen gezogen hat, um zu schauen, ob wir wie Marionetten tanzen. Ihm ist langweilig, wie Ruby gesagt hat. Nacht um Nacht auf einem falschen Thron zu sitzen, ist das Einzige, worauf er sich freuen kann.

Ich lehne mich an Brick und lasse mich von seiner Wärme stärken. Die Art und Weise, wie der Vampir jede meiner Bewegungen verfolgt, erinnert mich an einen Spitzenprädator. „Brick wusste, dass ich einmal ausgehen wollte. Ich war fasziniert, als er mir von diesem Laden erzählt hat."

„Wirklich?" Thaddeus weiß, dass ich ihm schmeichle, kann jedoch nicht anders, als die Komplimente aufzusaugen.

„Oh ja." Ich senke die Stimme zu einem Flüstern. „Ich sollte das nicht sagen, aber du hast einen gewissen Ruf … unter den Wölfinnen."

Dieses Mal klingt Thaddeus' Lachen wahrhaftig erfreut. Sullys und Billys empörte Reaktionen amüsieren ihn vermutlich mehr als meine Bemerkung, doch ich habe ihn überrascht.

Er richtet sich auf seinem Thron auf. „Ich würde dir gerne die anderen Vorzüge meines bescheidenen Clubs zeigen, wenn du es mir erlaubst." Daraufhin reicht er mir seine Hand.

Brick zerrt mich näher an sich. „Niemand außer mir fasst meine Verlobte an."

Noch ein Schnauben. „Wölfe", raunt Thaddeus mir zu, „so territorial."

„Die besitzergreifende Art gilt für beide Seiten", informiere ich ihn und lege eine Hand auf Bricks Brust. Thaddeus neigt den Kopf. Wir haben unsere Position klar gemacht.

Niemand wird sich heute Nacht mit mir oder meinem Verlobten anlegen. Falls sie es tun, wird ihnen ein Wolf den Kopf abreißen.

„Meine Verlobte möchte diesen Club mit all seinen Facetten erleben", verkündet Brick. „Wir werden heute Nacht eine Session auf der Bühne abhalten."

„Reizend", erwidert Thaddeus, als wäre das neu für ihn und nichts, was er veranlasst hat. Ein Raunen geht durch den Raum. Ich kann die Blicke aller auf uns spüren.

„Meine Bediensteten werden euch hinter die Kulissen bringen, damit ihr euch vorbereiten könnt." Thaddeus schnippt mit den Fingern und zwei Clubmitarbeiter in zueinander passenden, funkelnden, lilafarbenen Bodysuits treten auf das Podium. „Jede Bitte, die ihr ihnen mitteilt, wird erfüllt werden."

Brick legt eine Hand auf meinen Rücken, um mich hinter den Clubmitarbeitern herzuführen. Wir sind auf halbem Weg zu einer diskreten Hintertür, die schwarz gestrichen wurde, um mit der Wand zu verschmelzen, als Thaddeus uns etwas hinterherruft.

„Und Blackthroat?" Der Vampirkönig steht auf. Das Licht hat sich verändert und ist kühler geworden. Thaddeus' Gestalt wirft nun einen langen Schatten, der bei Bricks Füßen endet. „Hals- und Beinbruch."

Es klingt wie eine Drohung.

KAPITEL FÜNF

Madi

Der Raum hinter den Kulissen entpuppt sich als Green Room, der mit allem ausgestattet ist, was wir möglicherweise brauchen könnten. Einschließlich einer Wand aus Paddles, Seilen, Handschellen und verrucht aussehenden Peitschen – alles, was ein Dom brauchen könnte, um mit einem Partner zu spielen.

Ich stelle meine Tasche auf einen Beistelltisch und erlaube einem Bediensteten, mir meinen Mantel abzunehmen. Darunter trage ich ein weißes Slip-Kleid und nudefarbene Ballerinas. Das Outfit ist süß, jungfräulich und bildet einen hübschen Kontrast zu Bricks schwarzem Anzug. Ein unausgesprochener Machtaustausch und es kommt CMNF – Clothed Male Nacked Female, angezogener Mann nackte Frau – so nahe, wie es uns möglich ist, ohne dass ich mich komplett entkleide.

„Mindestens zwei zusätzliche Ausgänge. Einer durch diesen hinteren Flur. Einer durch die Küche", berichtet Sully.

„Ich denke noch immer, dass ihr das nicht tun solltet."

Billy hat die Arme vor der Brust verschränkt und lehnt am Türrahmen. „Wir sollten dem Blutsauger nicht nachgeben."

„Wir sind das bereits durchgegangen." Brick öffnet seine Krawatte und stopft sie in seine Tasche. „Madi und ich werden eine Show abziehen. Das tun wir zu unseren Bedingungen, doch wir tun es und je eher wir es hinter uns bringen, desto schneller können wir gehen."

„Vielleicht töten wir stattdessen ein oder zwei von ihnen", knurrt Billy.

„Wie sollen wir das verkaufen?", frage ich. „Ein Kampf bis auf den Tod im Gladiatorenstil? Wir versuchen, das hier ohne Blutvergießen zu erledigen."

„Wir könnten einfach gehen", meint Sully. „Uns eine Ausrede ausdenken." Seine Stimme ist leise und kaum lauter als ein Knurren. Er hasst das hier genauso sehr wie Billy, vermutlich sogar mehr. Er ist der Kopf der Rudel-Security und wir, das Alpha-Paar, befinden uns ungeschützt auf feindlichem Gebiet. Das hier ist sein schlimmster Albtraum.

„Wir werden tun, was wir vereinbart haben", erwidere ich. „Thaddeus hat all das hier arrangiert, um zu schauen, was wir tun. Er lässt seine Macht spielen … Er kann uns dazu bringen, herzukommen und nach seiner Pfeife zu tanzen. Wir zeigen ihm, dass wir gewillt sind, innerhalb gewisser Grenzen zusammenzuarbeiten. Wir sind standhaft, vernünftig und in der Lage, zu verhandeln. Außerdem stehen wir dadurch nicht mehr in seiner Schuld. Es ist wahrscheinlicher, dass er sich bei einem Machtkampf auf unsere Seite schlägt als auf die eines anderen Rudels."

„Außer er treibt ein doppeltes Spiel", mahnt Sully. „Was, wenn er eure Session filmt und droht, sie zu veröffentlichen?"

„Das wird er nicht tun", entgegnet Brick. „So etwas würde andeuten, dass die Privatsphäre seiner Mitglieder in Gefahr ist."

„Was, wenn er es einem anderen Alpha zeigt? Zum Beispiel Aiden Adalwulf?", fragt Billy.

„Dann werden sie sehen, dass ich mich im Griff habe und verliebt bin." Bricks Gesicht wirkt ernst und sein Blick ist in die Ferne gerichtet. „Jetzt verschwindet von hier. Meine Gefährtin und ich brauchen einen ungestörten Moment für uns."

Billy und Sully gehen ohne ein weiteres Wort.

„Das hier ist meine Schuld", sagt er. „Wenn ich nicht so lange gegen das Schicksal angekämpft hätte, wäre ich nie mondverrückt geworden. Thaddeus weiß, dass ich beinahe die Kontrolle verloren habe. Er tut das hier, um zu schauen, ob ich würdig bin."

„Würdig, dein Rudel anzuführen?" Ich bin bereit, ihn daran zu erinnern, dass er bereits bewiesen hat, dass er ein würdiger Alpha ist. Außerdem ist es die Meinung seines Rudels, die eine Rolle spielt, nicht die eines Vampirs. Doch er schüttelt den Kopf.

„Deiner würdig." Er hebt eine große Hand und streichelt geistesabwesend über meine Haarsträhnen. „Thaddeus sehnt sich danach, wieder zu fühlen. Ich bin ein mächtiges paranormales Wesen wie er und jetzt öffentlich bis über beide Ohren verliebt."

Die Leidenschaft, die in seinen Augen aufflammt, raubt mir den Atem.

„Der Vollmond", sage ich. „Wirst du die Kontrolle verlieren?"

„Nein." Er senkt den Blick, um meinem zu begegnen, und meine Haut kribbelt dort, wo er mir den Paarungsbiss verpasst hat. „Mein Wolf und ich sind einer Meinung. Wir machen diese Session und beschützen dich."

„Ehrlich gesagt, freue ich mich darauf." Ich wende mich Brick zu und lege beide Hände auf seine Brust. Seine

Muskeln sind hart unter meinen Handflächen. Er ist in jeder Hinsicht mächtig.

Und er gehört zu mir. *Nur zu mir.*

„Das tust du?" Brick zieht seine Brauen hoch.

„Es wird Spaß machen. Und Thaddeus wird sich benehmen." Jetzt, da ich den Vampir kennengelernt habe, bin ich der Meinung, dass Rubys Einschätzung von ihm korrekt ist. Thaddeus ist langweilig, hält sich jedoch an einen Ehrenkodex.

„Du hast ihm jedenfalls genug geschmeichelt."

Ist Brick eifersüchtig?

Ich öffne einen einzigen Knopf seines Hemds und streiche die Seiten auseinander. Anschließend zerzause ich ihm ein wenig die Haare, um ihm diesen ‚Feierabend-Boss'-Look zu verleihen. *Sexy.* „Keine Sorge. Du bist immer noch der größte, böseste Kerl im Raum."

Er murrt etwas, woraufhin ich auf die Zehenspitzen gehe, um ihm einen Kuss zu geben. Er beugt den Kopf und drückt mir einen Kuss auf die Lippen, wirkt allerdings nach wie vor abgelenkt.

Ich wünschte, ich könnte ihm helfen, sich zu entspannen. Wir werden gleich in der Öffentlichkeit eine Session abhalten und das Schicksal unseres Rudels hängt von unserem Auftritt ab. Er muss sich konzentrieren.

Mir fällt nur eine Möglichkeit ein, ihn zu necken. Sie ist riskant, aber ich glaube, dass ich mit den Konsequenzen zurechtkommen werde.

„Weißt du …" Ich fummle noch immer an ihm herum und streiche sein Hemd glatt, spreche jedoch in nachdenklichem Ton. „Du hast mir nicht erzählt, dass der König der Vampire so heiß ist."

„Was?" Bricks Brauen ziehen sich zusammen und sein Knurren grollt unter meinen Händen.

Oh ja, jetzt ist er konzentriert.

Ich ködere den Wolf, lüge theoretisch gesehen allerdings nicht. Das würde er bemerken. Ich finde Thaddeus wirklich attraktiv, so wie ein Kampfjet oder ein scharfes Messer hübsch sein können.

„Ich will nur ehrlich sein. Ich war Team Edward, nicht Team Jacob."

Brick erstarrt kurz. Seine Augen flammen rotgolden auf und ich weiß, dass er seinen Wolf zügelt.

Als er sich bewegt, tut er das so schnell, dass ich es nicht sehen kann. Er schiebt seine Hand in meine Haare und zieht meinen Kopf nach hinten. Seiner neigt sich und er verschließt meine Lippen mit einem sengenden Kuss. Seine Zunge gleitet in meinen Mund, erobert und dominiert. Am Ende ist mir schwindlig und meine Nippel schmerzen.

Seine Augen leuchten noch immer, als er den Kopf hebt. „Ich weiß nicht, wer diese Trottel sind, aber am Ende der Nacht wirst du dich nur noch an meinen Namen erinnern."

KAPITEL SECHS

B *rick*

Ich stehe in der Mitte der kleinen Bühne und die Scheinwerfer scheinen auf mich herab. Alles an diesem Laden ist so arrangiert worden, dass es zu laut, zu hell, zu protzig ist. Blutsauger lieben es, unerträglich zu sein, obwohl ihre Sinne genauso scharf sind wie die der Gestaltwandler. Vielleicht ist Thaddeus taub für das Übermaß an Reizen geworden, da er den Club bereits seit einigen Jahrzehnten leitet.

Um die Bühne herum sitzen die Clubbesucher. Es herrscht ein leises Summen im Raum, als würde ein Publikum auf den Beginn eines Orchesterkonzerts warten. Ich ignoriere sie alle.

Thaddeus' Leute haben die Bühne so aufgebaut, wie ich es verlangt habe. Ein leerer Schreibtisch und ein Bürostuhl bilden die einzigen Requisiten. Ich dachte, Madi und ich könnten unser erstes Mal in meinem Büro nachspielen. Wir können ein kleines Dominanzspielchen spielen, den König zufriedenstellen und nach Hause gehen.

Sie ist spät dran. Ich habe sie im Green Room zurückgelassen, nachdem sie gesagt hatte, dass sie einige Momente braucht, um sich frisch zu machen. Ich hätte auf sie warten sollen. Sie hätte bereits vor zehn Minuten rauskommen sollen.

Mein Wolf will wieder in den Raum rennen und sich vergewissern, dass es ihr gut geht. Doch ich behalte die Nerven und beobachte Billy, der an der Tür steht. Ich weiß, dass er Sully sehen kann, der mit Madi in Verbindung steht.

Sowie sie rauskommt, werden sie gehen, die Session wird beginnen und wir werden diese verdammte Farce hinter uns bringen.

Ich kann die Blicke des obersten Blutsaugers auf mir spüren. Was ich Madi erzählt habe, stimmt – Thaddeus will mich testen. Er will sehen, ob ich die Kontrolle bewahren kann, ist allerdings auch neugierig. Wie ist es, seine vom Schicksal vorher bestimmte Gefährtin zu finden? Was für ein Mensch kann sich in ein Monster verlieben?

Ich habe gemerkt, dass er von Madi beeindruckt ist. Beeindruckt und fasziniert. So wie er es auch sein sollte. Er kann so fasziniert von ihr sein, wie er will, solange er seine Hände bei sich behält.

Ein Raunen geht durch die Menge und lenkt meine Aufmerksamkeit wieder auf den Raum. Am Ende des Ganges richtet sich Billy auf. Er sieht überrascht aus. Dann wirft er mir einen Blick zu und salutiert keck.

Ich runzle die Stirn. Jemand hat etwas ausgeheckt.

Dann erscheint Madi und die Welt verblasst.

Sie schreitet mit hoch erhobenem Kopf und gerecktem Kinn wie ein Supermodel auf einem Laufsteg auf mich zu. Sie schwingt ihre Hüften selbstbewusst und verführerisch. Sie übertreibt das Ganze für die Zuschauer.

Und sie hat sich umgezogen. Das schlichte weiße Kleid ist fort, auf das wir uns geeinigt hatten. Entweder hat sie Wechselkleidung eingepackt oder die Clubbediensteten dazu gebracht, ein völlig neues Outfit zu Tage zu fördern. Ein verlockendes rotes Kleid schmiegt sich an ihre Kurven und ein Paar Stilettos machen sie einige Zentimeter größer. Das Kleid ist kurz und sexy. Am ärgerlichsten ist jedoch, dass es einen tiefen Schlitz am Dekolleté hat, der die Rundungen ihrer Brüste offenbart.

Fensterlein ist zurück.

Der gesamte Club scheint den Atem anzuhalten. Das Publikum schweigt, als wäre eine Göttin zu ihnen herabgekommen, die sie erschlagen wird, wenn sie falsch atmen.

Thaddeus feixt. Falls er von diesem Kostümwechsel wusste, hat er Glück, wenn ich ihm nicht die Augen ausreiße, bevor ich meinen Wolf sein noch schlagendes Herz verschlingen lasse. Es ist möglich, dass er nur von meiner Reaktion belustigt ist und nichts mit Madis kleiner Rebellion zu tun hat und wie alle Vampire immer eine idiotische Miene macht.

Wie auch immer, ich will ihn umbringen.

Allerdings bin ich nicht deswegen hier.

Ich wende mich Madi zu, als sie mit wiegenden Hüften die Bühne erklimmt. Automatisch strecke ich eine Hand aus, um ihr hoch zu helfen. Sie hat sich auch neu geschminkt. Ihre Augen haben einen verschlagenen, katzenähnlichen Lidstrich. Ihre Lippen sind dunkelrot.

Sie ist atemberaubend und kurz kann ich bloß ihre Hand halten und staunen, dass sie zu mir gehört.

Sie bemerkt den Schreibtisch und Stuhl hinter mir und grinst. Sie ist bereit. Die Luft ist geschwängert von dem herben Geruch ihrer Erregung.

Ich ziehe sie näher und knurre: „Du steckst in großen Schwierigkeiten, Kleines."

Die Session hat begonnen.

Ich werde ihr – und allen anderen hier – zeigen, dass sie zu mir gehört.

KAPITEL SIEBEN

Madi

Ich starre Brick an und ein Schauder jagt mir wegen seiner tiefen Stimme über den Rücken. Ich liebe die Bühne – andernfalls würde ich nicht mit Aubrey und meiner Band auftreten. Allerdings habe ich noch nie die Gelegenheit erhalten, so zu schauspielern, und es ist aufregend. Ich kanalisiere mein inneres Theaterkind.

Brick klingt jedoch nicht, als würde er schauspielern. Das hier wirkt echt.

„Wer, ich?", gurre ich.

Er lässt meine Hand los und umrundet mich einmal.

„Siehst du etwas, was dir gefällt?", frage ich. Ich spüre, dass sein Blick über mich gleitet. Mein Hintern kribbelt.

„Ich habe dir gesagt, dass du diese Kleider nicht tragen sollst."

Ich lege eine Hand neben mein Dekolleté. „Dieses alte Teil?" Ich lasse meinen Kopf nach hinten kippen, während ich die nackte Haut zwischen meinen Brüsten streichle. „Es entspricht den Kleidervorschriften der Personalabteilung."

„Aber nicht meinen Anforderungen." Sein Knurren bringt meinen Körper zum Vibrieren. Er ist direkt hinter mir und sein Atem weht über meinen Hals. „Du hast einen direkten Befehl missachtet."

Ich lecke über meine Lippen. „Was wirst du deswegen unternehmen? Sir?"

„Diese Aufsässigkeit hat lang genug gewährt." Er packt den Stuhl und zieht ihn vom Schreibtisch weg. „Du warst ein böses Mädchen und dein Hintern wird dafür bezahlen." Er packt meinen Arm und wirbelt mich so schnell herum, dass ich nicht weiß, was los ist, bis ich über den Schreibtisch gebeugt bin und meine Wange und Handflächen auf das Holz gepresst werden. Er fixiert mich mit einer entschlossenen, jedoch sanften Hand.

Ich bin so angetörnt, dass es wehtut.

Seine Handfläche umfasst meinen Hintern und ich weiß, dass er vorhat, mir durch meine Kleider hindurch den Po zu versohlen. Er hat keine Ahnung, was für ein Höschen ich trage – ob ich überhaupt eines trage. Mein Kostümwechsel hat ihn aus der Bahn geworfen und sein Missfallen ist echt.

Genau, wie ich es vorausgeahnt habe.

Ich greife mit beiden Händen nach hinten, ziehe an dem engen Kleid und lasse den Stoff über meine Hüften gleiten. Ich trage einen Bodysuit. Er ist so züchtig wie ein Badeanzug, jedoch hellbeige, was meinem Hautton entspricht, wodurch die Zuschauer, die nicht in der Nähe sind, den Eindruck erhalten, ich wäre nackt.

Über mir atmet Brick schwer. „Jetzt steckst du in riesigen Schwierigkeiten." Er tritt näher und legt eine Hand auf mein Kreuz. Sein Schwanz streift mein Hinterteil. „Ich werde dir zeigen, wer der Boss ist."

* * *

BRICK

Ich stehe über meiner Gefährtin und gönne mir einen Moment, um ihren Anblick zu genießen, wie sie mit dem Hintern in der Luft über den Schreibtisch gebeugt ist. Ihre Stilettos verleihen ihr einige zusätzliche Zentimeter, durch die ihr Hintern nach oben gereckt wird. Die Art und Weise, wie sie ihr Kleid hochschiebt und langsam einen Zentimeter nach dem anderen enthüllt … Ich will ihr das Kleid vom Leib reißen und sie verschlingen.

Zum Teufel mit dem Publikum. Zum Teufel mit diesem Theater für Thaddeus. Ich will bis zu den Eiern in meiner Gefährtin sein. Ich werde sie reiten, bis ihr Kleid in Fetzen hängt und sie schlaff vor Lust ist. Dann werde ich ihre Schulter entblößen und sie erneut markieren. Meine Fangzähne sind glatt und bereit. Mein Wolf ist einer Meinung mit mir.

Ich lege eine Hand in ihren Nacken und fixiere sie. Sie liebt es, körperlich eingeschränkt zu werden, und ich will, dass sie meine Dominanz spürt.

Ihre Haare hängen zerzaust über ihr Gesicht, doch ich sehe, dass sich ihre Lippen zu einem Lächeln biegen. Sie genießt das hier.

Ich lasse meine freie Hand auf ihr Hinterteil krachen. Ein Keuchen fliegt von Madis Lippen und sie beeilt sich, sich an dem Schreibtisch abzustützen. Ich verpasse ihr noch einen Hieb, der genauso fest ausfällt, und lasse sie mein Missfallen spüren. Sie hat das hier geplant. Sie hat mich im Ankleideraum geködert und dann dieses Kleid angezogen, um mich komplett in den Wahnsinn zu treiben. Und es hat funktioniert – ich konzentriere mich auf das Spiel, das wir spielen. Nicht auf die Spielchen zwischen Vampiren und Gestaltwandlern, sondern auf das zwischen uns.

Ohne Worte hat sie mich an das Einzige erinnert, was eine Rolle spielt. Unsere Leidenschaft. Unsere Liebe.

Der Club und das Publikum verblassen. Wir könnten momentan genauso gut die einzigen zwei Leute in der Welt sein. Mir sind die Bühne und alle anderen abseits der Scheinwerfer egal.

Madis Duft erblüht reif und bereit zwischen uns. Ich werde meiner Gefährtin geben, was sie braucht, und mehr.

Meine ersten Schläge waren eine Warnung. Jetzt übersäe ich ihre Haut mit vorsichtigen Hieben, wobei ich darauf achte, jeden Zentimeter ihres sexy Hinterns zu bedecken. Ihr hautfarbener Bodysuit bedeckt ihre Mitte, sieht für die Zuschauer vermutlich jedoch obszön aus, und deswegen habe ich vor, jegliche unbedeckte Haut rot zu färben.

Ich beende die Aufwärmübung und gehe wieder dazu über, ihr so heftig den Hintern zu versohlen, dass meine Handfläche kribbelt. Ihre Pobacken sind rosafarben gefleckt. Ich schlage mit einer Hand fester zu, woraufhin sie zischt und ein kehliges Stöhnen ausstößt. Allerdings löst sie ihre Position nicht auf oder signalisiert, dass sie eine Pause braucht. Ihre Augenlider schließen sich.

Wenn ich das Spanking noch einige Minuten fortsetze, wird sie im Subspace sein. Mir schwillt vor Stolz die Brust, weil sie mir so sehr vertraut, dass sie sogar hier in feindlichem Gebiet loslassen kann.

„Du liebst es, mich zu reizen, oder?" Ich unterstreiche meine Worte mit einem lauten Schlag auf die empfindliche Stelle unterhalb ihrer rechten Pobacke. „Du stolzierst hier in diesen engen Kleidern herum. Das ist eine vollkommen unangemessene Arbeitskleidung." Ihre rechte Seite ist so rot, dass ich mich der linken widme. „Du führst mich in Versuchung. Wer hat hier das Sagen, Kleines?"

„Du." Ihre Stimme ist atemlos und köstlich.

Ich schlage so stark auf die Mitte ihres Pos, dass sie auf ihren High Heels nach vorne schaukelt. „Ich kann dich nicht hören."

„Du hast das, Sir", kreischt sie.

„Das stimmt." Ich laufe um sie herum, packe eine Faust-voll von ihren Haaren und ziehe ihren Kopf langsam, sachte nach hinten. „Und wer macht die Regeln?"

„Du tust das." Ihre roten Lippen teilen sich und ich will sie küssen. Aber noch nicht.

„Das stimmt. Ich werde dir diese Lektion so viele Male erteilen, wie sie nötig ist. Jetzt dank mir für deine Bestrafung."

„Danke, Sir."

„So ist's brav." Meine Stimme ist so harsch, dass es auch ein Knurren hätte sein können. Ich umfasse ihre rechte Pobacke, drücke zu und Madi erschaudert vor Lust. Mein Schwanz ist in meiner Hose hart geworden und als er gegen ihre Hüfte stößt, muss ich mit den Zähnen knirschen, damit ich nicht komme. Damit ich mich nicht in ihre warme, feuchte Mitte ramme.

Später. Ich werde sie später nehmen, wenn wir allein sind.

Ihre Augenlider sind schwer geworden. Sie leckt sich über die Lippen und ich verkneife mir ein Stöhnen. Ich greife nach ihr und presse zwei Finger auf ihre pralle Unter-lippe. Sie öffnet sie sofort für mich und ich versenke meine Finger in ihrer heißen, feuchten Mundhöhle.

„So ist's richtig, Baby. Zeig mir, wie du mich befriedigen würdest." Ihre Zunge wirbelt um meinen Finger. Mein Schwanz ist so geschwollen, dass ich mich nicht bewegen kann. Ich kann bloß meine Finger tiefer in sie schieben. „Das ist es, nimm mich tief auf. Ich weiß, dass du es tun kannst. Du nimmst, was ich dir gebe." Sie summt um meine Finger herum und ich ziehe sie raus, bevor ich die Kontrolle verliere.

„Gut gemacht, Baby." Ich setze mich auf den Bürostuhl und rolle hinter sie. Ihr Po ist ein Kunstwerk, prall und rot, ein üppiger Pfirsich, der nur darauf wartet, dass ich ihn öffne. Ich beuge mich vor und fange eine Wolke ihres Geruchs auf. Ich will sie beißen. Stattdessen packe ich ihren Hintern und bohre meine Finger in das versohlte Fleisch, bis sie stöhnt. Sie biegt den Rücken durch und drückt sich meinen Händen entgegen. „Oh fuck, du bist so perfekt für mich."

„Versohle mir den Hintern", bettelt sie. „Bestrafe mich. Bitte, Sir."

„Oh, das werde ich tun." Ich gleite mit zwei Fingern über den Zwickel ihres Bodysuits. Sie geht auf die Zehenspitzen und seufzt schrill. „Ich werde dich so reizen, wie du mich gereizt hast. Dann werden wir ja sehen, wie dir das gefällt."

Der Stoff ist klatschnass. Ich knurre und verlagere meinen Körper, sodass meine Schultern die Sicht auf sie verdecken. Niemand darf die Erregung meiner Gefährtin sehen. Niemand außer mir.

„Hat dir deine Bestrafung gefallen?", frage ich mit leiser Stimme.

„Ja, Sir." Sie atmet scharf ein, als meine Finger sie erkunden.

„Dir gefällt es, wenn ich die Kontrolle übernehme. Du sehnst dich danach."

Sie schwankt auf ihren High Heels und versucht, meiner Berührung zu entgehen. Ich schlage ihr auf den Po und ziehe sie wieder in Position. „Antworte mir."

„Ja, Sir. Es ist so gut."

„Komm her." Ich packe ihre Hüften, drehe sie zu mir um und setze sie in einer fließenden Bewegung auf meinen Schoß. Sie sitzt rittlings auf mir und ihre feuchte Mitte befindet sich direkt über meinem Schwanz. Mit einem Schrei geht sie auf ihre Knie. Ich erlaube ihr, ihre Position anzupassen, bevor ich sie wieder nach unten ziehe, damit sie auf meinem Schoß hin und her rutscht. Ich zerre ihr Kleid über ihren Hintern, damit sie etwas besser bedeckt ist. Niemand kann sehen, dass ihre Feuchtigkeit die Vorderseite meiner Hose durchnässt, doch sie können es erraten.

Ich bewege meine Hüften und reibe mit meinem Schwanz über ihre kaum bedeckte Spalte. Sie zittert in meinen Armen. Ihr Gesicht ist gerötet und ihre Augen halb geschlossen. Sie beißt sich auf die Lippe und wiegt sich auf mir.

Ich packe eine Handvoll ihrer Haare und ziehe ihren Mund zu meinem. Unsere Zungen tanzen miteinander, aber meine überwältigt ihre und stößt im Takt mit meinen Hüften in ihren Mund.

„Brick", keucht sie und dann zucken ihre Hüften.

* * *

BRICK

Sie ist gerade in meinen Armen gekommen. Mein Schwanz schwillt an, als wolle er aus meiner Hose bersten. Ich bin so nah dran, ihren Bodysuit zur Seite zu ziehen und sie hier vor allen zu nehmen.

Das werde ich jedoch auf keinen Fall vor einem Publikum tun. Sie ist die Meine, ganz allein Meine.

Ich erhebe mich und kippe sie über meine Schulter, wobei ich sicherstelle, dass ihr Kleid ihren geröteten Hintern verdeckt. Das tut es – geradeso.

Sie und ich werden uns darüber unterhalten. Sobald ich etwas Privatsphäre finden kann.

Ich wirble zum Thron herum und blinzle in dem dämlich hellen Licht.

„Das reicht", informiere ich Thaddeus. „Wir gehen."

Thaddeus ist bereits auf den Beinen und klatscht. Einige der Clubmitglieder folgen seinem Beispiel und geben uns

Standing Ovations. Die meisten sind jedoch zu sehr mit den Spanking-Bänken, den Andreaskreuzen und Sex beschäftigt.

Es ist vorbei. Der König von Manhattan ist zufrieden.

Jetzt kann er sich verpissen.

Ich bedenke Thaddeus mit meinem tödlichsten Blick und marschiere zur Hintertür. Von dort ist es nur ein kurzer Weg am Green Room vorbei zum Ausgang.

Ich platze in die Nacht. Billy und Sully haben zu beiden Seiten der Tür gewartet und richten sich auf.

„Wie ist es …" Billys Frage erstirbt auf seinen Lippen, als er mich sieht. Er wendet den Blick von dem nach oben gewandten Hintern meiner Gefährtin ab.

„Gut." Unsere Limo ist in der Gasse geparkt. Ich öffne die hintere Tür, gehe in die Knie, um Madi von meiner Schulter zu heben, und senke sie vorsichtig auf ihren Sitz. Sie krabbelt tiefer in den Wagen und ich folge ihr, bevor ich Tony befehle: „Gehen wir."

Ich warte, bis die Trennwand hochgefahren ist, bevor ich mich Madi widme.

„Du", ist das Einzige, was ich knurren kann, ehe sie sich auf mich stürzt. Sie landet erneut rittlings auf meinem Schoß. Ich schäle ihr Kleid nach oben und packe ihren versohlten Hintern. „Ich werde dich hart ficken. Und dann werden wir deinen Kostümwechsel besprechen, Fensterlein."

„Ja, ja …" Sie greift nach unten, um mir beim Öffnen meines Gürtels zu helfen. Ich öffne die Vorderseite meiner Hose und zerreiße den dünnen Bodysuit-Stoff, der meinen Schwanz von ihrem feuchten Eingang trennt. Ich dringe in sie und unsere Stirnen berühren sich, als wir gemeinsam seufzen.

„Du warst großartig", lobe ich sie.

„Halt die Klappe und fick mich."

Ich belohne ihre Unverschämtheit mit einem Hieb auf ihre straffe Pobacke. Wegen des spielerischen Schlags zuckt sie nach oben, bevor sie wieder auf mich sinkt und meine Hoden vor Lust zum Kribbeln bringt. Mir gefällt das Ergebnis so sehr, dass ich ihr einen Hieb nach dem anderen verpasse, sodass sie kreischt und mich härter reitet.

„Das heißt immer noch ‚Halt die Klappe und fick mich, Sir‘", schimpfe ich, doch sie ist zu atemlos zum Sprechen, weil sie noch auf und ab hüpft. Ich lasse sie die Arbeit machen, bis sie ihren Rücken scharf durchbiegt und den Mund zu einem Keuchen öffnet. Ihre Mitte drückt meinen Schwanz immer wieder, während sie zum Höhepunkt kommt. Sie schmiegt sich überwältigt an mich und ich übernehme. Ich packe ihre Hüften, stoße nach oben und ramme mich in sie, bis mein Orgasmus in Reichweite ist. Ihr Hals ist für mich entblößt, weshalb ich ihre perlmuttfarbene Haut küsse und ihren Geruch ablecke. Mit meinen Fangzähnen schabe ich über ihren wilden Puls, woraufhin sie erzittert und erneut kommt.

„Madi", brülle ich und erlaube mir, zu kommen, wobei ich mich an meine Gefährtin klammere, als sei sie meine Zuflucht in einem Sturm.

* * *

MADI

Brick und ich landen in einem Durcheinander aus Gliedmaßen auf dem Rücksitz der Limo. Die Luft ist heiß, schwül und durchtränkt von dem Duft unseres Liebesspiels.

Die untere Hälfte meines Kleids und Bodysuits ist zerfetzt. Wie gut, dass ich ein endloses Kleider-Budget habe. Das ist eine Sache hinsichtlich des Sex mit einem Alpha, vor der mich niemand gewarnt hat – meine Kleider haben eine sehr geringe Überlebenschance.

Brick küsst mich noch immer und rötet meine Haut mit seinem unersättlichen Mund und kratzigen Bart. Meine

Kehrseite ist wund – auf gute Art. Ich lehne mich an ihn und streiche seine Haare nach hinten, bis er den Kopf hebt, um meine Lippen zu erobern.

Ich unterbreche den Kuss, indem ich einen Finger auf seine Lippen lege. „Das Kleid war eine gute Idee. Gib es zu."

Er grunzt und weigert sich, es zu bestätigen oder zu leugnen. „Ab jetzt trägst du diese Kleider nur für mich."

Die Limo hält mit quietschenden Reifen. Wir sind in einer Einbahnstraße einige Blöcke entfernt von der Billionaire's Row. Es ist niemand in der Nähe.

„Wo …"

Bricks Wolf knurrt tief und leise. Mir würde es kalt über den Rücken laufen, wenn ich es nicht schon einmal gehört hätte. Seine Augen leuchten hell und er starrt aus dem Fenster.

Vor der Limo steht eine hellhaarige Gestalt gerahmt von den dunklen Gebäuden und beleuchtet vom Supermond.

Thaddeus.

„Was macht er hier?", frage ich.

Er läuft langsam zu unserer Frontstoßstange. Das Mondlicht liebkost seinen markanten Wangenknochen.

„Ich kümmere mich darum." Brick greift nach der Tür, doch ich packe seinen Arm.

„Warte. Ich vertraue dem nicht." Als Thaddeus auf seinem falschen Thron lümmelte, sah er albern aus, auf der Straße sieht er jedoch gewaltig aus. Gefährlich. „Er führt etwas im Schilde."

„Wir haben alles getan, was er verlangt hat. Er hat keinen Anspruch auf uns. Es ist Zeit, dass ich ihm klar mache, dass ich ihm ebenbürtig und nicht seine Marionette bin. Ich kann ein mächtiger Verbündeter oder ein tödlicher Feind sein." Er wartet jedoch mit meiner Hand auf seinem Bizeps, bis ich zustimme.

Ich schlucke meinen Protest und zwinge mich, zu nicken.

Ich wollte, dass wir ein Team sind und das sind wir. Jetzt muss ich darauf vertrauen, dass er sich wie der Alpha benimmt, der er ist. „Sei vorsichtig."

„Immer." Brick hebt meine Hand an seinen Mund und küsst meine Handfläche. „Ich werde nichts tun, um dich oder das Rudel in Gefahr zu bringen."

Ich rutsche wieder in die Tiefen des Sitzes, finde Bricks Anzugjacke und bedecke mich. Mein Herz schlägt mir im Hals und erstickt mich.

Brick verlässt das Auto, lässt eine willkommene Brise kühler Luft herein und schließt die Tür vorsichtig. Als er dem Vampirkönig entgegentritt, bemerke ich, dass Thaddeus fast so groß und breit gebaut ist wie Brick.

Als Brick näher kommt, beginnt Thaddeus, zu klatschen. „Bravo, Alpha."

Seine Herablassung geht mir auf die Nerven.

Brick scheint es egal zu sein. Soweit ich das erkennen kann, wirkt sein Gesicht ausdruckslos. „Was willst du?"

„Ich möchte nur meine Glückwünsche überbringen. Das war eine Nacht, die wir nicht so schnell vergessen werden."

„Unser Teil ist vorbei. Wir haben uns an unsere Abmachung gehalten."

„Dem stimme ich zu. Ich wollte dir mitteilen, dass der Gefallen erwidert wurde. Vollständig."

„Klasse. Gutes Gespräch." Brick wendet sich zum Gehen ab.

„Noch eines. Die Adalwulfs sind mit ihrem eigenen Alpha-Putsch beschäftigt. Anscheinend hat Odin einige lose Enden für seinen gewählten Nachfolger hinterlassen, um die er sich kümmern muss. Euer Feind wird euch vorerst nicht angreifen."

Brick verengt seine Augen zu bernsteinfarbenen Schlitzen. „Woher weißt du das?"

„Ein kleines Wölfchen hat es mir verraten. Ich dachte, ich

sollte es dir erzählen. Betrachte es als mein Hochzeitsge-
schenk. Ich war enttäuscht, als ich herausfand, dass ich nicht
zu deiner Paarungszeremonie eingeladen werde. Doch dann
erfuhr ich, dass Menschen dort sein werden. Sie machen
Partys so langweilig."

„Nicht alle Menschen."

„Ja, nun, wir können nicht alle so großes Glück haben,
diejenige zu finden, die das Schicksal für uns bestimmt hat."
Thaddeus dreht den Kopf und seufzt theatralisch. Etwas an
dieser Geste veranlasst mich dazu, auf den Knopf zu drücken
und das Fenster runterzulassen.

„Gib die Hoffnung nicht so schnell auf", rufe ich.

„Madi", knurrt Brick und marschiert zu mir. Ich rutsche
zurück, um ihn reinzulassen.

„Schnell? Es sind über eintausend Jahre vergangen",
entgegnet Thaddeus. Er tritt beiseite und verschmilzt mit
den Schatten. Nur seine hellen Haare verraten ihn.

Brick gibt ein Signal und Tony lässt den Wagen losrollen.
Ich lehne mich an Brick und will noch mehr zu Thaddeus
sagen, doch Brick kommt mir zuvor.

„Das Schicksal wird dich womöglich überraschen. Deine
Gefährtin könnte die Person sein, mit der du am wenigsten
rechnest."

„Oder die du selbst auswählst", füge ich hinzu. Brick
bedenkt mich mit einem Blick und ich grinse. „Was? Es
stimmt."

„Danke." Thaddeus neigt seinen Kopf. Bei ihm wirkt die
altmodische Geste königlich.

Brick wartet bis das Fenster geschlossen ist, bevor er
flucht: „Blutsauger."

„Awww, er ist einsam", sage ich. „Ein Jammer, dass ich
keine Masochisten kenne. Jemanden, der von Dracula
besessen ist."

„Du wirst nicht Kupplerin für einen Vampirkönig spielen."

„Ist das ein Befehl?"

„Ja." Er macht einen Satz und ich lande mit dem Rücken unter seinem gewaltigen Körper. Ich kichere, während er meine Handgelenke packt und über meinem Kopf fixiert. „Nun, wo waren wir?"

KAPITEL ACHT

B *rick*

Die Villa in den Berkshires wird für die Verlobungsfeier von Lichterketten und festlich glühenden Kugeln beleuchtet. Ruby und meine Mom haben sich wirklich ins Zeug gelegt, um das Gebäude zu verwandeln.

Meine Gefährtin riecht trotzdem leicht nach Angst. Madi nimmt ein Champagnerglas von einem der Tabletts, die von Kellnern herumgetragen werden, und leert es in fünf Schlucken.

Die Gästeliste umfasst die meisten Leute, die auch zum Ball der Blackthroat Familienstiftung eingeladen waren – die gehobene Gesellschaft Manhattans, sowohl Wölfe als auch Menschen. Leute, die wichtig für Moon Co. und das Rudel sind. Außerdem nimmt eine Handvoll von Madis neuen Angestellten sowie Kollegen aus Torrent Cosmetics, einschließlich Eleanor Harrington, an der Feier teil. Ihre Mom, ihr Bruder und Aubrey sind natürlich ebenfalls hier. Ihr biologischer Vater und seine charakterlosen Brüder wurden nicht eingeladen.

„Whoa, Baby. Bist du nervös?"

Sie schüttelt ihre Glieder leicht aus wie ein Kämpfer, der gleich in den Ring steigen wird. „Ein wenig. Aber ich werde das schaffen."

„Warte mal." Ich lege einen Arm um ihre Taille und ziehe ihren Körper an meinen. Dieses Event ähnelt zwar dem Wohltätigkeitsball, aber dieses Mal muss ich nicht so tun, als sei Madi nur meine Assistentin. Dieses Mal werde ich niemandem erlauben, sie zu kränken.

„Weshalb machst du dir Sorgen? Wen willst du beeindrucken? Mein Rudel hast du bereits für dich eingenommen." Ich lasse meinen Blick über die Menge schweifen und versuche, zu erraten, weshalb sie so angespannt ist. „Oh. Machst du dir Sorgen, dass deine Mom auf deine Großmutter trifft?"

„Oh, sie sind sich bereits begegnet", erwidert Madi angespannt. „Eleanor sagte, dass sie bestimmt sehr stolz auf mich sei, und meine Mom entgegnete *lass mich in Ruhe, du Kuh.*"

Ich lache schnaubend. „Ich liebe deine Mom. Von ihr hast du all deinen Schneid."

Das entlockt Madi ein Lächeln. „Sie ist ziemlich taff."

„Es ist eine merkwürdige Mischung aus Leuten." Madis Blick wandert zu Aubrey auf der anderen Seite des Raums. „Ich will Aubrey bitten, meine *Maid of Honor*, meine Ehrenbrautjungfer, zu werden, aber ich glaube, sie würde es hassen. Ich meine, wer wird dein *Best Man* sein? Billy? Er wird schrecklich zu ihr sein."

„Ich habe keine Ahnung, wovon du sprichst. Was ist ein *Best Man?*" Ich scherze nur teilweise. Natürlich habe ich von dem Ausdruck gehört, doch da er nicht zu unserer Tradition gehört, habe ich nur eine vage Vorstellung davon, was er bedeutet.

Madi lacht und mein Wolf beruhigt sich bei dem Geräusch. „Du weißt nicht, was ein *Best Man* ist?"

„Ist er so was wie mein Stellvertreter?"

Madis Lächeln wird breiter. „Ja, aber nur für die Hochzeit. Außerdem solltest du alle aus deinem inneren Kreis bitten, Trauzeugen zu werden." Madi schlägt sich eine Hand vor den Mund vor übertriebener Bestürzung. „Oh mein Gott, mir ist gerade bewusst geworden, dass meine Hochzeit von Gestaltwandlern geplant wird, die keine Ahnung haben, wie diese Traditionen funktionieren."

„Nun, wir können mitspielen. Aber bedeutet es etwas? Ich meine, was tun eine *Maid of Honor* und ein *Best Man*?"

„Alles." Madison sieht mich mit großen, ernsten Augen an. Ich glaube, sie spielt mit mir, allerdings bin ich mir nicht sicher. Wie auch immer, ich werde sicherstellen, dass mein Team all ihre Erwartungen erfüllt.

„Geh und bitte Aubrey, deine *Maid of Honor* zu werden. Ich werde dafür sorgen, dass Billy sich wie ein formvollendeter Gentleman benimmt und ihr zu Diensten ist."

„Das wird er hassen."

„Er wird es tun, weil du seine Luna bist. Jetzt geh, Schatz. Ich will das es geregelt wird, damit du dich entspannen kannst."

Madi sieht bereits fröhlicher aus. Sie geht auf ihre Zehenspitzen. „Okay." Sie gibt mir einen süßen Kuss. „Ich kann es nicht erwarten, dass du Mr. Evans wirst."

Ich wölbe eine Braue. „Wie bitte?"

„Blackthroat-Evans." Sie zwinkert und schwebt davon.

BILLY

Ich halte ein Glas des edelsten Champagners in der Hand, den man mit Geld kaufen kann, doch sein spritziger Duft wird von der Kakophonie aus Gerüchen verdorben, die mir das Wasser in die Augen treiben – Menschen mit ihrem Parfüm, Rasierwasser, Deodorant und einem Hauch Rosenwasser, wegen dem mein Wolf angespannt ist.

Verlobungsfeiern sind ein lächerliches menschliches Konstrukt. Was ist mit der Paarungszeremonie passiert?

Ein Wolf beansprucht seine Gefährtin mit einem Biss, wenn sie unter sich sind. Sie können sich innerhalb einer einzigen Nacht kennenlernen und Gefährten werden. Es gibt kein langes, schleppendes Liebeswerben. Bei einer einfachen Paarungszeremonie rennen sie möglicherweise einfach nur gemeinsam bei Vollmond, während ihnen ihr Rudel ein Ständchen heult. Dann machen sie sich an die Zeugung von Welpen.

Diejenigen aus dem Rudeladel, wie Brick, halten häufig eine große Paarungszeremonie ab. Das gibt ranghohen Gestaltwandlerfamilien eine Gelegenheit, andere Wölfe kennenzulernen. Häufig werden Mitglieder benachbarter Rudel eingeladen. Es ist ein politisches Event und keines für das neue Paar.

Auf dieser Feier sind jedoch Menschen anwesend. Dass Madi kein Wolf ist, macht alles kompliziert. Sie planen bereits eine verschwenderische Hochzeit. Ich weiß nicht, warum die Paarungszeremonie zu einer *Verlobungsfeier* werden musste.

Brick und Madisons Verlobungsfeier in den Berkshires ist anscheinend bloß die erste Feier von vielen. Eine Ankündigung, dass Brick einen Klunker in der Größe von New Hampshire an den Finger seiner ehemaligen Sekretärin gesteckt hat und vorhat, sie zu heiraten. Als wäre sie nicht bereits lebenslang von ihm markiert worden.

Mir wäre das scheißegal, allerdings ist Madi nicht der einzige Mensch hier auf dem Anwesen. Auf heiligem Rudelland. Ihre Mutter ist hier. Ein Bruder. Ihre Freundin, Bricks ehemalige Assistentin, Indira. Ihre Oma, die Torrent Cosmetics Erbin, und ihr Gefolge.

Und natürlich ihre ehemalige Mitbewohnerin, das Café-Mädchen – Aubrey.

Alle hier mischen sich unter das Rudel, als wäre es akzeptabel, dass sich ein Alphawolf mit einem Menschen paart – und ihn *heiratet.*

Ich muss zugeben, dass die Villa noch nie besser aussah. Der Ballsaal funkelt und sie haben sogar die Hintertüren offen gelassen, damit die Winterluft hereinwehen kann. Der Schnee wurde von der weitläufigen Terrasse geräumt und überall stehen Heizlüfter wegen der empfindlichen Verfassung der Menschen. Schicksal bewahre, eine Winterbrise würde über sie wehen und sie Erfrierungen erleiden.

Catherine Adalwulf ist hier – sie hat Ruby dabei geholfen, das Ganze zu planen. Ich gewöhne mich noch immer daran, dass sie ein Mitglied des Rudels ist. Alles ist vergeben abgesehen von der Tatsache, dass sie unseren Alpha ermordet hat.

Oder ihre Hand dabei im Spiel hatte.

Der Tod ihres Bruders hat angeblich jegliche magische Bindung gelöst, die sie an ihr altes Rudel band.

Ich habe gehört, dass sie darauf bestanden hat, aus ihrer eigenen Tasche für die ganze Feier zu bezahlen. Das ist ihre Art, Wiedergutmachung für die Zerrissenheit ihrer Familie zu leisten.

Ich bin nicht der Einzige hier, der sie nicht mit offenen Armen willkommen geheißen hat. Liz und Dane hegen eindeutig noch immer einen Groll gegen sie.

Es spielt keine Rolle, dass sie und Ruby diese Feier gemeinsam organisiert haben, um eine geeinte Front zu zeigen, die den Menschen in unserem Kreis aufnimmt. Sie ist eine Adalwulf. Es lässt sich nicht ersetzen, was uns die Adalwulfs genommen haben. Nichts wird richtig sein, bis wir dieses bösartige Rudel vom Angesicht der Erde tilgen.

Wir sollten ihr Ableben planen. Stattdessen stehen wir herum, trinken Champagner und essen kleine Häppchen, die meinem nagenden Hunger kaum die Schärfe nehmen können. Verdammte Rohkost.

Einer von Madis Gästen ist Vegetarier – bestimmt das Café-Mädchen – weshalb es ein ganzes Tablett Hasenfutter gibt. Ich frage mich, wie die Menschen reagieren würden, wenn ich meinen Wolf rausließe, ein erlegtes Tier herschleifen und es hier auf dem hübschen Rasen zerlegen würde?

Mein Wolf liebt die Vorstellung. Er will das Café-Mädchen schockieren.

Ich suche den Raum nach ihr ab. Ich weiß aufgrund ihres umwerfenden Dufts, dass sie hier ist. Ich entdecke sie neben Madis Ellenbogen, wo sie sich mit Ruby unterhält.

Sie trägt ein silberfarbenes Etuikleid, das sich an ihre Sanduhr-Figur schmiegt. Ihr schlanker Hals ist wie der eines Schwans gereckt und ihre vielen winzigen Zöpfe reichen fast bis zu ihrem Po. In ihrer Nase funkelt dieses Mal ein silberner Stecker anstatt des goldenen Rings.

Er würde brennen, wenn er meine Haut berühren würde.

Das wäre es wert, um von diesen Lippen zu kosten. Der Gedanke kommt und geht wie ein Blitz und sorgt dafür, dass ich finster dreinschaue.

Brick kommt zu mir. „Mach ein freundlicheres Gesicht."

Ich mache ein ausdrucksloses Gesicht. Mein Blick huscht zurück zum Café-Mädchen.

„Madi fällt es schon schwer genug, ihre Familie und Freunde dazu zu bringen, sich an ihr neues Leben zu gewöhnen. Mach es ihr mit deinem Anti-Mensch-Schwachsinn nicht noch schwerer."

„Ich habe niemanden rausgeworfen, oder?"

„Du wirst dich dieses Wochenende anstrengen, dass sich die Menschen hier wohlfühlen."

„Ja, Alpha."

„Ich meine es ernst."

„Ich weiß." Ich hebe das Kinn leicht, um ihm meine Kehle zum Zeichen der Kapitulation anzubieten.

„Hör zu, es gibt noch mehr."

Ich wappne mich. Das hört sich nicht gut an. „Du musst mein *Best Man* sein."

Oh um Himmels willen. Dämliche Menschentraditionen.

„Ich weiß nicht, was das bedeutet", erwidere ich trocken.

„Nun, du wirst es herausfinden. Es ist wichtig, dass wir die menschliche Seite meiner Gefährtin ehren. Diese Tradition zu bewahren, wird dafür sorgen, dass sie sich wohler fühlt, und es ist ein kleiner Preis."

Auf meiner Zunge haftet ein saurer Geschmack.

„Aubrey – Madis beste Freundin – wird ihre *Maid of Honor* sein. Das ist das Gegenstück zu deiner Position. Zu ihr musst du besonders nett sein. Ihr zwei werdet das Sagen über die Hochzeit haben."

„Was?"

Brick muss verrückt geworden sein, wenn er denkt, dass ich das Sagen über eine Hochzeit haben kann.

„Nicht die Planung – Ruby und meine Mom übernehmen das. Aber das tatsächliche Event. Ich weiß es nicht … ihr habt wichtige Rollen bei der Zeremonie und der Feier, die es erforderlich machen, dass ihr zusammenarbeitet. Ich muss wissen, dass du sie mit so viel Ehre behandeln wirst, wie du es bei meiner Gefährtin tun würdest. Oder deiner eigenen Gefährtin, was das angeht."

Etwas daran, dass er Aubrey mit meiner eigenen Gefährtin gleichsetzt, sorgt dafür, dass sich die Härchen auf meinen Armen aufrichten.

Ich schaue hinüber und sehe, dass Madi mit Aubrey spricht. Die zwei schauen zu mir. Aubrey erwischt mich dabei, wie ich sie beobachte, und ihre Augen werden schmal. Sie reibt mit dem Mittelfinger über ihre Nase.

Sehr erwachsen. Mein Schwanz wird hart von dem Drang, sie vornüberzubeugen und ihr zu zeigen, was mit rebellischen Menschenweibchen passiert, die anscheinend ein Spanking wollen.

Brick deutet mit dem Kopf zu Madi und ihrer unerträglichen Freundin. „Fang jetzt damit an."

Fick. Mich.

Sieht so aus, als wäre ich gerade zum Babysitter der Menschen ernannt worden. Ich Glückspilz.

„Ich diene nach deinem Belieben", murre ich, löse mich von seiner Seite – und gehe meinem Untergang entgegen.

HOLEN SIE SICH IHR KOSTENLOSES BUCH!

Tragen Sie sich in meine E-Mail Liste ein, um als erstes von Neuerscheinungen, kostenlosen Büchern, Sonderpreisen und anderen Zugaben zu erfahren.

https://geni.us/jungfrauunddervampir

RENEE ROSE: HOLEN SIE SICH IHR KOSTENLOSES BUCH!

Tragen Sie sich in meine E-Mail Liste ein, um als erstes von Neuerscheinungen, kostenlosen Büchern, Sonderpreisen und anderen Zugaben zu erfahren.

https://www.subscribepage.com/mafiadaddy_de

LEE SAVINO: KOSTENLOSE NOVELLE

H ol dir ein kostenloses Exemplar von Gezeugt von den Berserkern und Eine Berserker-Geburt, indem du dich für meinen Newsletter anmeldest.

Der dritte Teil von Daegans, Brennas und Samuels Geschichte. Lies den ersten Teil in **Verkauft an die Berserker** *und den zweiten in* **Gepaart mit den Berserkern***. Diese Novelle ist kostenlos, ein Geschenk.*

https://BookHip.com/PKRMGC

BÜCHER VON RENEE ROSE

Master Me

Ihr Königlicher Master

Ja, Herr Doktor

Ihr Marine Master

Ihr Russischer Gebieter

Ihre Zwillingsmaster

Ihr Brandmeister

Ihr Küchenmeister

Ihr Hollywood Master

Chicago Bratwa

Der Direktor

Gefährliches Vorspiel

Der Mittelsmann

Bessessen

Der Vollstrecker

Der Soldat

Der Hacker

Der Buchmacher

Der Reiniger

Der Torwächter

Mafia Männer Reihe

Reiz mich nicht

Verführe mich nicht

Zwing mich nicht

Unterwelt von Las Vegas

King of Diamonds: Was in Vegas passiert, bleibt in Vegas, Band 1

Mafia Daddy: Vom Silberlöffel zur Silberschnalle, Band 2

Jack of Spades: Gefangen in der Stadt der Sünden, Band 3

Ace of Hearts: Berühmtheit schützt vor Strafe nicht, Band

4

Joker's Wild: Engel brauchen auch harte Hände (Unterwelt von Las Vegas 5)

His Queen of Clubs: Russische Rache ist süß (Unterwelt von Las Vegas 6)

Dead Man's Hand: Wenn der Tod mit neuen Karten spielt

Wild Card: Süß, aber verrückt

Mountain Men

Held

Rebell

Krieger

Sündhaftes Chicago

Sündenpfuhl

Verwurzelt in Sünde

Wolf Ranch

ungebärdig - Buch 0 (gratis)

ungezähmt– Buch 1

ungestüm - Buch 2

ungezügelt - Buch 3

unzivilisiert - Buch 4

ungebremst - Buch 5

unbändig - Buch 6

Two Marks

ungebärdig - Buch 1 (gratis)

versucht - Buch 2

Begehrt - Buch 3

verzaubert - Buch 4

Wolf Ridge High

Alpha Bully - Buch 1

Alpha Knight - Buch 2

Step Alpha - Buch 3

Alpha King - Buch 4

Bad Boy Alphas

Alphas Versuchung

Alphas Gefahr

Alphas Preis

Alphas Herausforderung

Alphas Besessenheit

Alphas Verlangen

Alphas Krieg

Alphas Aufgabe

Alphas Fluch

Alphas Geheimnis

Alphas Beute

Alphas Blut

Alphas Sonne

Alphas Mond

Alphas Schwur

Alphas Rache

Alphas Feuer

Alphas Rettung

Alphas Befehl

The Werewolves of Wall Street Serie

Der große böse Boss: Mitternacht

Der große böse Boss: Mondverrückt

Der große böse Boss: Markiert

Der große böse Boss: Miteinander

Mitternacht Doms

Alphas Blut von Renee Rose & Lee Savino

Ihr Vampir Master von Maren Smith

Ihr Vampir Held von Nicolina Martin

Ihr Vampir Schuft von Brenda Trim

Ihr Vampir Rebell von Zara Zenia

Ihre Vampir Leidenschaft von Tymber Dalton, die als Lesli Richardson schreibt

Ihre Vampir Versuchung von Alexis Alvarez

Ihre Vampir Besessenheit von Tabitha Black

Ihr Vampir Verdächtiger von Brenda Trim

Seine gefangene Sterbliche von Renee Rose & Lee Savino

Die Gefangene des Vampirs by Kay Elle Parker

Vampirbeute von Vivian Murdoch

Die Meister von Zandia

Seine irdische Dienerin

Seine irdische Gefangene

Seine irdische Gefährtin

Seine irdische Rebellin

Seine irdische Frau

Ihr Gefährte und Meister

Zandianisches Haustier

Sein irdischer Besitz

Zandianische Bräute

Eine Nach md den Zandianern

Von den Zandianern gekauft

Von den Zandianer beherrscht

Das Licht der Zandianer

Festgehalten vom Zandianer

Vom Zandianer beansprucht

Vom Zandianer gestohlen

EBENFALLS VON LEE SAVINO

Die Berserker-Saga

   Verkauft an die Berserker

   Gepaart mit den Berserkern

   Entführt von den Berserkern

   Übergeben an die Berserker

   Gefordert von den Berserkern

Die Frauen der Berserker

   Gerettet vom Berserker – Hasel und Knut

   Gefangen von den Berserkern – Weide, Leif und Brokk

   Verschleppt von den Berserkern – Salbei, Thorbjorn und Rolf

   Gebunden an die Berserker – Laurel, Haakon und Ulf

   Berserker-Nachwuchs – die Schwestern Brenna, Sabine, Muriel, Fleur und ihre Gefährten

   (demnächst)

   Die Nacht der Berserker – die Geschichte der Hexe Yseult

   Eigentum der Berserker – Farn, Dagg und Svein

   Gezähmt von den Berserkern – Ampfer, Thorsteinn und Vik

   Beherrscht von den Berserkern

   Unschuld mit Stasia Black (Eine dunkle Liebesgeschichte)

Das Erwachen (Unschuld 2)

Königin der Unterwelt: Eine Dunkle Liebesgeschichte (Unschuld 3)

Die Gefangene des Biestes: Eine dunkle Romanze (Die Liebe des Biestes 1)

Die Rache des Biestes: Eine dunkle Romanze (Die Liebe des Biestes 2)

Der Soldat, der mich verführt

Draekons (Drachen im Exil) mit Lili Zander (Eine Sci-Fi Dreierbeziehung Romanze)

Draekon Gefährtin

Draekon Feuer

Draekon Herz

Draekon Entführung

Draekon Schicksal

Tochter der Dragons

Draekon Fieber

Draekon Rebellin

Draekon Festtag

ÜBER RENEE ROSE

USA TODAY Bestseller-Autorin RENEE ROSE liebt dominante, verbalerotische Alpha-Helden! Sie hat bereits über eine Million Exemplare ihrer erotischen Liebesromane mit unterschiedlichen Abstufungen verruchter sexueller Vorlieben und Erotik verkauft. Ihre Bücher wurden außerdem in *USA Todays Happily Ever After* und *Popsugar* vorgestellt. 2013 wurde sie von *Eroticon USA* zum nächsten *Top Erotic Author* ernannt und freut sich ebenfalls über die Auszeichnungen Spunky and Sassy's *Favorite Sci-Fi and Anthology Autor*, The Romance Reviews *Best Historical Romance* und Spanking Romance Reviews *Best Sci-fi, Paranormal, Historical, Erotic, Ageplay and Couple Author*. Bereits fünfmal gelang ihr eine Platzierung in der USA-Today-Bestsellerliste mit verschiedenen literarischen Werken.

Besuchen Sie ihren Blog unter www.reneeroseromance.com

ÜBER LEE SAVINO

Lee Savino ist eine USA Today-Bestsellerautorin von Smexy-Romanzen. Smexy, wie in "smart und sexy". Finden Sie sie in der Goddess Group auf Facebook und laden Sie ein kostenloses Buch unter www.leesavino.comherunter!

Sie finden sie unter:
www.leesavino.com

Sie lieben knurrige Alphas? Dann schau dir die Berserker-Saga an. Beginne mit *Verkauft an die Berserker.*